# 你是我的歸途

*On the Road*



Misa

Sophia

笭菁

晨羽——著

# 目錄

*On the Road*

# 未完成的旅途

／Misa

我提著我的黑色行李箱，踏上了旅程。
一場本該有你，卻終究沒有你的旅程。

我的父母很早就過世了，成年前，我在雙方親戚家中輾轉，成年後便搬了出來，也時常更換租屋。

或許因為這樣，我一直都沒有「家」的感覺，反倒覺得自己一直在旅行。每個租屋對我來說都是一個臨時居所，像是提著行李箱就抵達飯店那樣的感覺。

大學時，偶然看見日本交換學生的資訊，因為念日文系加上也挺喜歡日本文化，而既然自己的狀況比較特殊，不如到日本生活看看吧。

於是我興沖沖地去申請，才發現需要的費用比我想像的還要多。

事實上那對大多數人來說都不是大錢，但我沒有後援，即便父母有留下一點錢，但花在留學上我覺得太冒險了，我還有大學學費和房租要支付啊。

況且未來會怎麼樣也不知道，留點存款總是比較保險吧。

所以我只能放棄這個機會，反正畢業後還有打工度假可以選擇，出社會後存錢的速度應該會比較快吧。

但我太天真了，我從沒想過出社會後花錢的速度更快。

不過沒關係，三十歲以前都可以申請打工度假，申請通過後只要一年內出發即可。

於是我努力存錢之餘，也定期進修日語，以免太久沒使用而生疏了。

就這樣維持了半年，正當我以為一切都很順利時，各種邀約卻多了起來。一開始是同事們下班後的休閒時光，後來是大學朋友們的生日派對，接著有人帶球結婚。

於是，存錢雖然繼續，但開銷也逐漸變大。可這些都是生活的必要花費，況且還得打理自己呢。

上班太累了，需要偶爾放鬆的 SPA，也需要娛樂的電影與歌唱開銷，還有保養品化妝品，最近甚至還需要一點醫美。

慢慢地，我習慣了這樣的消費方式，也因為常常有應酬或是加班，為了避免浪費，我就將補習班退了。

然而明明有小幅加薪，也沒了昂貴的補習費用，但存錢的速度卻反而變慢，畢竟花錢的模式改變，開銷變大了。

但是不要緊的，反正三十歲以前申請都來得及，還有四年啊。

然而，就在我總算找到步調的時候，他出現了。

我和他是在一場飯局上認識的，他是同事菲菲的高中同學，那天臨時來找菲菲吃飯，於是被一起帶來了餐會。

一開始我對他並沒有特別的想法，但在用餐過程中，我們兩人陰錯陽差地坐到一起，於是出於禮貌開始攀談，沒想到一見如故，就這樣我們交換了聯絡方式，並開始頻繁地聊天往來。

我並沒有特別告訴菲菲，畢竟每個人都有交友的權利。

有一次我裝作不經意地詢問他，「程書正，你有告訴菲菲我們會私下聊天嗎？」

「沒有呢，需要特別告訴她嗎？」

被他這樣反問，我忽然覺得自己的問題很可笑。

「是不用，特意講好像也很奇怪。」

「當妳這麼問的時候就很奇怪了。」程書正笑著，看著我的眼神充滿曖昧。

我想在不知不覺間，自己已經喜歡上他了吧。

於是一切如此自然，我們牽起了彼此的手，然後在交往後才告訴菲菲這件事情，她又驚又喜，一直說我們偷偷來，但還是給予祝福。

那時，我二十七歲了。

雖然我以前曾經想著要去日本打工度假，但這時候我忽然有些茫然，我一直想去日本的理由是什麼呢？那時候只是想有個機會到外地生活看看，要說是夢想好像過於誇張。但我的確實從學生時代就有此念頭，要是沒有完成的話又似乎有點遺憾。

但是，看著程書正的睡臉，轉念一想，想這麼多做什麼？還有三年呀。

時光飛逝，很快就二十九歲了。

我既沒有存到目標金額，就連日文也忘得差不多了，甚至連想去日本的初心都有點淡忘。

就在這邊和程書正交往並且結婚，這樣平凡的人生也不錯呀。

或許內心深處，我一直都想要一段穩定的關係。

我總是想和人建立起強烈的連結，朋友的話，會希望彼此的友誼穩固且不被破壞，但到最後朋友全都遠離我。長大一點後，我明白自己的佔有欲太強，會讓朋友感到窒息，所以我學會和朋友們都保持距離。然而，在我來說十分疏遠的距離，對他們而言，居然是最剛好的，朋友的距離。

這讓我對於朋友關係感到疑惑，不懂怎樣的界線才是朋友該有的。

面對男朋友時，也會想快速與他們進入穩定的關係，既然是情人，兩人距離自然可以比朋友更親密，也不會被嫌煩吧？因此，後來我將重心全放在男友身上，這讓我更有安全感也更踏實。

只是交往一陣子後，男友們總會以窒息、像是被束縛等理由要求保持距離，這太奇怪了，怎麼會跟女友要求「距離」呢？

不過，我是有學習能力的，我逐漸抓出一種「我認為太遠」但男友會覺得「親密得剛好」的情侶距離。

然而，這樣子卻讓我感覺像踩在浮冰上一樣，飄忽不定，又沒有立足點，更沒有安全感了。

可是程書正不一樣，當他聆聽我過去的煩惱與疑問時，他告訴我，可以把重心放在他身上沒有關係。

他喜歡女朋友黏他，也喜歡被需要的感覺。

一開始我不是很相信，因為每任交往對象都說我的愛太沉重了。

然而隨著時間過去，我一點點加重對他的依賴，程書正也全盤接受了。

我欣喜若狂，甚至覺得我們就是命中注定要在一起的人。

他的出現，對我來說非常重要。

「生日快樂。」

三十歲生日，我失去申請打工度假資格的那一天。我內心有種鬆了口氣，卻又永遠錯過的遺憾。

某日，我把這件事情隨口告訴了程書正，他十分訝異原來我一直有打工度假的夢想。

「雖然沒辦法去打工度假，但我們可以一起去日本玩。」

他當時是這麼回應我的，天知道我有多感動。

※　※　※

火車搖晃的幅度讓我矇矓醒來，抬頭望向車窗外，一望無際的藍天白雲讓人看得入迷，直到廣播聲傳來，我才注意到自己該下車了。

我拿起包包和手機，往車門的方向走去，準備先找出自己的行李箱。

但來到這裡才發現，自己的行李箱居然被擠到最裡面了，我嘆著氣伸手將外面的行李箱一個個拉出，不過因為重量加上火車搖晃，顯得我笨手笨腳的。

「需要幫忙嗎？」一個男生從剛才就站在我後面等待下車，見到我笨拙的模樣忍不住出聲。

「抱歉，麻煩你了。我的是裡面那個黑色的行李箱。」

「不會，我來吧。」我讓出位置，讓這位健壯的男生幫忙。

他力氣很大，輕鬆就將我的黑色行李箱抬出，並快速地把其他行李箱推回原位。

「謝謝你。」我拉起拉桿，對著他微笑。

「不會。」他拍了拍手，「妳來旅行嗎？」

「對。」

「行李箱很重呢。妳一個人來玩嗎？」

我有些警戒，點點頭後，便按下車窗邊的開門鈕。

他見狀也不再攀談，默默地站在我後面等著下車。

火車到站後，車門開啟，我馬上拉著行李箱離開。

等電梯時，我看見剛才幫助我的男生從一旁的手扶梯下去了，他揹著大背包戴著鴨舌帽，雖然穿著寬鬆的衣服，但看得出來是有練身體的人。

我將視線轉回，看著電梯門反射的自己，面容憔悴、無神又黯淡。

我本來應該要去日本的，但最後還是選擇在臺灣獨旅。

走出車站後，我找尋租車的店家，推著笨重的行李來到店門口，老闆見我獨自一人有些詫異，似乎在考慮要不要把車租給我。

「我朋友明天才會到，而且我是優良駕駛，連罰單都沒有拿過。」我說了謊，老闆尷尬地笑了。

「歹勢啦，不是因為妳是女生，所以不相信妳的技術啦。」老闆帶我看了輛白色的休旅車，還不斷詢問我真的要租休旅車，而不是轎車嗎。

「我明天還有三個朋友會來，所以需要大一點的車。」我又說謊了，一邊看著眼前的車子，然後拿出了現金。「我一次付清，租三天。」

「不用啦，剩下的妳還車再付就好。」見我乾脆地掏錢，這下老闆也沒有其他意見了。

「沒關係，我先付三天，但也有可能會租五天。」我在資料本寫上自己的電話號碼，接過鑰匙，就將行李箱往車子邊推。

「要不要我幫妳把行李放上後車廂？」老闆過來，伸手就要接過我的行李箱。

「沒關係，我可以自己……」我停頓了一下，還是決定接受老闆的好意。「那就麻煩你了。」

「小事小事……哇！」老闆伸手拿起行李箱，原先似乎是想帥氣地靠離心力將行李放進後車廂，沒料到行李過於沉重，讓他手滑了一下。「哇，妳、妳這很重啊！是帶了些什麼啊？」

「因為我打算好好玩幾天，所以把家當都帶出來了。」我笑著，然後主動伸手抬起另一邊。「我們一起抬吧。」

「這麼重的行李箱，妳是怎麼帶到這裡的呀，哎唷喂呀，腰都要閃到了。」老闆誇張地說，而我只是輕笑。

就這樣，我們合力把行李放進後車廂，關上車門後，我向老闆道謝，然後坐上了駕駛座。

踩下油門，開上空曠的道路，沿途全是平房與綠油油的田地，路大車少，這些年我總是待在臺北，根本沒有好好地到外地遊玩過。

即便和程書正交往後，我們也鮮少外出遊玩，他工作很忙，基本上沒辦法請假，所以我們幾乎都在大城市中約會，看電影、吃餐廳等，頂多就是到山上或是海邊走走。

最遠只到過宜蘭，而我目前在花蓮，這是我們從未踏足過的地方。

想想也是有趣，我們明明在一起將近五年，怎麼也沒一起出國呢？

啊，因為他不能請假。

不過，他卻去日本出差過。

明明說好和我一起的，明明我也能請假跟著他去的。

雖然他是出差，但總會有點空閒的時間吧？

我也能自己在日本到處走走，等到他有空時再會合，這樣也很不錯的，不是嗎？

分開旅行，也是一種旅行啊。

可是他不答應。他說他是工作，要我別無理取鬧。

後來，我才知道他不答應的原因。

握在方向盤上的手有些顫抖，直到後車按了聲喇叭，我才回過神，原來已經綠燈了。

我趕緊踩下油門，但後車等不及，便繞過我的車，狠狠地超前。

我似乎還看見他在經過我車旁時，不忘看一眼駕駛員的長相。我想他一定會說「果然是女人開的車」之類的話吧。

接著我回過頭想看一下行李箱是否安然無恙，但想起放在後車廂我也看不見。

肚子傳來了飢餓感，我才想起自己連早餐都還沒吃，現在已經一點多了，不知道找不找得到東西吃。

我停在路邊搜尋了下地圖，隨意鎖定了一家離得最近的麵店後，立刻驅車前往。

途中我因路邊忽然竄出的阿婆機車嚇了一跳，緊急煞車後驚魂未定地看著方向盤上顫抖的手，但那位阿婆根本沒有注意到我這台車，逕自地從我面前安穩騎過，往另一條路離開了。

忽然我耳邊響起了程書正的笑聲，若是他見到我這樣，一定會笑著說我開車怎麼這麼不小心，還會說我總是不會注意路況。

我有駕照，但他從不讓我開車，他說不想讓不安全的路上更加危險。而我總是笑著，因為這是他的關心。

外出，他會接送我。或是我們一起搭乘大眾運輸，這樣就可以利用這段時間聊天，即使是不說話的相處也很棒。

我曾經以為，我們會這樣子很久很久，一直下去……所以為了這個以為，我才會放棄自己打工度假的夢想啊……

※　※　※

「為什麼說是為了我們這段感情，甚至是為了我才放棄自己的夢想？為什麼要把錯都推到我身上？」程書正在我不知道第幾次提到關於放棄的夢想時，忽然暴怒地這麼吼。

我愣了下，覺得他有些莫名其妙。「怎麼了？你為什麼要生氣？」

「妳從來沒有告訴我過妳想去日本，然後現在才把超過年齡限制的事情推到我身上，說是為了我們的感情。」

「我沒有推到你身上啊，這是我的決定。況且，我真的是因為我們在交往，所以才決定不去的啊⋯⋯」我有些無辜，這的確是我的選擇呀，我又沒有怪他，所以我直到現在才講不是嗎？

「妳這樣就是在怪我不是嗎？如果妳真的想去、也真的看重我們之間的關係，那妳就會跟我討論。」程書正手掌蓋在額頭上，皺起眉頭說：「不要拿我當作妳不夠勇敢的藉口。」

聽到他這句話的瞬間，我心中湧起一股無名火。

可是，我沒有反駁他，或許我內心深處也知道，他只是我不夠勇敢的藉口罷了。

但我也沒有告訴他實話，就是我從來也沒有認真看待要去日本這件事情。

對我來說，可以去，也可以不去。有機會就去，沒機會就算了。

我不知道我把去日本打工度假這件事情包裝成夢想並告訴程書正的理由是什麼，或許是因為，我想讓他認為，我也是個有夢想的人吧。

我不想讓他覺得，我只是那種希望和男友建立一個家庭、安安穩穩生活的普通人。

況且……這樣很沉重吧？

「因為你正在實現你的夢想，你的工作和你的興趣是一樣的……但是我……」他的工作是室內設計師，從大學就是就讀相關科系，現在也持續深造著。

「妳如果真的想去日本，就應該要找日文相關的工作，說不定還有機會出差，而不是隨便找個工作，然後再說自己是因為我的關係沒辦法去。」

「我又不是那個意思……」我哭了起來，覺得自己很無辜，但又說不出真正的想法。

見到我的眼淚，程書正心軟了，他嘆了一口氣然後抱住我，從此，我們再也不提這件事情。

但在這次之後，我們之間出現了一些微妙的變化，感情明明依舊，可是卻有種說不上來的生疏。

就好像我們都還在生氣一樣，可是，明明就沒事了，不是嗎？

※　※　※

我將車子停在路邊，這就是地廣人稀的好處，不需要擔心停車位的問題。來到那間麵店，意外的是店裡還有許多人。所以我只能與人併桌，點了乾麵、湯和一些小菜後，一邊滑著手機一邊吃起來。

我無意看見通訊APP的通知提醒，居然有一百多則。未接電話也有二十多通。接著我點進社群帳號，發現有些朋友在我的留言區留言，要我看到訊息回電，或是詢問他人有沒有我的消息之類的。

說不定明天他們就會把我的照片貼到各大社團，然後張貼尋人啟示呢，還是他們會報警呢？

我忽然有些不安，但還是無視這些通知。手機繼續保持勿擾模式，然後點開漫畫APP，找到上次的進度接著往下看，還不忘夾口小菜。

「啊。」

同桌的人驚呼了一聲，我下意識抬眼看了下，是個有點眼熟的男生，他張著嘴似乎有點尷尬，用食指比了一下小菜盤。「妳吃到我的了。」

我大驚，立刻摀住自己的嘴。「對不起，我沒注意到，這盤我來付錢。」

「沒關係啦，小事情！如果不介意的話，一起吃吧。」他大方地將小菜推到我面前，這讓我有點尷尬，和陌生人一起吃總有衛生上的疑慮，雖然我剛才已經吃過了……

或許是看出了我的猶豫，他立刻補充：「這盤我還沒吃過，不用擔心。」

「真的很抱歉……」我只能再次這麼說。

「不會……不過，我們剛才在火車上見過，妳記得嗎？」

聽他這麼一說，我立刻定睛看著他，潔白的牙齒、爽朗的笑容，以及健壯的身材和黝黑的肌膚，接著，我又注意到他頭上的鴨舌帽，瞬間連結到車廂裡那張幫助過自己的臉龐。

「天啊，太巧了……在車上真的很感謝你的幫忙。」

「不會啦！小事情。」他注意到我身邊沒有行李後問，「妳是住這附近的民宿嗎？我看妳行李不在了，難道是李宿嗎？他們都會推薦這一間麵店，還是沐心民宿？他們也很愛推薦這間。」

「都不是，我租車，剛好經過。」或許是第二次遇見了，又或許是因為兩次都給他添了麻煩，所以這次我選擇回應他的問題。

「妳是省話一姐吧！」結果沒想到他給了我這樣老套的形容詞。

「不是，我只是……」我頓了下，思索著自己是否該對人有防備之心，還是就算了，盡興享受這趟旅程。

就像國外會有的公路之旅一樣，隨意上陌生人的車，隨意在一個地方下車，隨意在陌生的城市中漫遊。

雖然因此發生過許多刑事案件，但旅行正因為未知才有趣……或是說，我需要一趟沒有過多繁瑣包袱的旅程。

因為這或許是第一次，也是最後一次。

「難道是失戀之旅？」忽然他這麼問，我先是一愣，然後點點頭，悵然地笑了。

「啊，我只是隨口說說，沒想到是真的。」他笑了笑，然後伸手似乎想與我握手。「我叫做陳國正，也算是失戀之旅喔。」

短短一句話讓我覺得自己與他甚是有緣，除了他居然也是失戀之旅外，就是他的名字和程書正很相像。

「看你對這邊商家好像很熟的樣子，我以為你是本地人。」

「我的確是本地人啊。」他拍了拍黝黑的皮膚，「看看我這經過充分日曬的肌膚，很明顯吧！」

「這哪看得出來。」我笑出聲，這好像是我這些日子以來第一次笑出聲音。

「失戀之旅怎麼不去其他城市？」

「誰說本地人就不能在自己家鄉療傷呢？正因為這邊土地親切，才更能療傷啊～」他說得好像也有點道理，「不過雖然都在花蓮，我是住富里那邊，跟這裡也是差了一大段距離啊。」

「所以你是從富里過來的嗎？」

「嗯。」他點頭，而我則內心存疑。

我們在火車上相遇，我從臺北過來，他若是從富里過來，怎麼可能在同一班火車上？富里可是在花蓮的最南邊耶。

不過，或許他的意思是，他住在富里，所以的確是從富里過來。跟搭火車這一點沒有任何關係。

總之，我也沒有想要多問。

「妳要去哪裡晃？」他問。

「沒有特地想去哪。不過或許會去看金針花吧。」

「金針花呀……不介意的話，我們一起去怎麼樣？」
「你的交通工具是什麼？」
他聳肩，我則說了。「我剛剛說了我是租車的，還是就搭我的車呢？」
「好啊，那我先去把我的賓士開回家。」他說，而我又笑了出來。
「你明明是搭火車的。」
「誰說我不能把賓士停在這呢？」他繼續開著玩笑。
火車站離這有段距離，我猜想他或許是搭計程車過來的。
不過，會有人要獨旅卻沒有準備交通工具嗎？這一點讓我有些疑惑。
但我也沒想多問，畢竟只是一面之緣。
就這樣，他跟著我坐上了車，車內燥熱的空氣，讓我有些呼吸困難。
「天氣真的很熱呢。」
「是啊，冷氣開強一點吧。」我笑著，轉動了方向盤，跟著導航往赤科山開。

※　※　※

的確，我一直以來都不夠勇敢與果決。

我總是想找人依附，把自己的情感支持與生命意義都放在某個人的身上。

或許一開始，程書正的確認為沉重的愛情對他來說沒什麼，但一塊石頭壓在身上久了哪有不疼痛的道理。

況且這塊石頭不會減輕，只會變重。但愛心與耐心卻是會隨時間減少的，所以程書逐漸感覺呼吸困難，也是一件可預料的事情。

於是，我開始告訴他關於我的過往，父母的早逝讓我輾轉於親戚家，親戚們當然很好，但我仍感到有所隔閡。

這樣的不安全感造就了我的依附性格，我亟欲希望擁有屬於自己的家庭和東西，不會被人搶走，也不會消失的。

我以為告訴他這些，可以讓我們更加親密，讓他理解我的狀況。

希望他能因此更愛我、體恤我、珍惜我。

但最後卻弄巧成拙。

「聽說妳跟書正最近處得不好？」菲菲問。

「妳怎麼會知道？」這讓我心生警戒。

「別誤會，我是聽我們共同朋友說的。」菲菲趕緊舉手擺出投降的姿勢，

「啊……你們是高中同學。」我想起了這層關係，當初就是因為菲菲的關係，

我和程書正才會認識。

菲菲曾經是我的同事，但後來她因為出國所以離職了，我們就只維持著社群按讚的關係。

我時常看著她在澳洲打工度假的照片，那就像是另一個世界與生活一樣。

我雖然知道她回國一陣子了，但也沒有特意聯絡。今天是她主動約我吃飯。

「是呀，是甄妮問我認不認識書正女友時，我才知道的。」菲菲用叉子捲著義大利麵，我注意到她停頓了一下，僅僅只有瞬間，她很快就掩飾過去，然後將那坨麵往嘴中送。

「甄妮是女生嗎？」但我怎麼可能會錯過這種敏感的字眼。

菲菲嘆了口氣，自知沒辦法含糊帶過。「其實也沒什麼啦，妳看我們都幾歲了，高中離我們多久了……」

「菲菲，怎麼回事？」

「甄妮是書正以前的女朋友啦，不過他們交往時間不長，大概半年就回到朋友關係。之後一直是朋友，也沒有什麼曖昧的舉動，就是會聊個天那樣。」菲菲解釋著。

「所以書正跟前女友訴苦和現任女友感情不好，前女友去問妳，妳再來問我嗎？」我握緊的拳頭微微顫抖著。

「妳怎麼理解成這樣啦。」菲菲有些慌了，「他們就是當朋友太契合，才會選擇交往看看。但交往後發現沒有火花，才會又退回朋友的位置。他們真的只是很好的朋友啦。」

「妳為什麼這麼認真幫他們解釋？」我問。

「因為我是他們兩個的好朋友，所以清楚他們的關係，不想要他們被誤會。」菲菲解釋著，「甄妮也是因為很擔心，所以才會來問我，希望我來了解一下。」

「她幹嘛對別人的事情這麼上心？而且她又不認識我，怎麼會想要來找我？為什麼不是去跟書正說？」但剛說完，我就想到，她已經跟書正聊了很多才會來找我。

「妳不要這麼敏感啦，我用我的生命發誓他們真的沒有怎樣。甄妮當然希望書正可以和女友好好相處，共度一生，所以才會希望我能側面了解。」菲菲緊張到不行，慌亂地解釋著，緊張到連麵都沒來得及吞下，嘴裡塞滿了麵條。

「我知道……只是我很不解，為什麼她會這麼擔心，以至於需要請妳來問我。」我嘆氣，「但既然妳可以用生命發誓他們之間的清白，我再疑神疑鬼就太不識趣了。」

菲菲聽我這麼說以後總算鬆了一口氣，大口喝了一旁的蘇打，然後往後癱在椅背上。「我差點要嚇死。」

「那……書正都說了什麼？」

「因為甄妮也沒說得很全面，加上我覺得應該要聽過書正的說法再找妳聊比較好，所以我也有跟書正聊……」菲菲說到這忽然歪了歪頭，「但是他卻問起我怎麼會決定去澳洲打工度假，還有離職的心態、去了以後的感覺，以及有沒有後悔等。」

「他問了妳這些？」我十分訝異。

「是呀，我就很高興地跟他分享了很多所見所聞，以及抱著人生只有一次的想法，就決定離職啦～」菲菲說，她從來沒想過要去澳洲打工度假，不過是有一天看見朋友發文說去澳洲玩，因為朋友寫得實在太有趣太好玩了，好奇之下，她搜尋了澳洲，就這樣產生了極大的興趣。

於是，她馬上查詢更多其他的資訊，發現自己居然符合申請資格，於是她迅速蒐集好資料，恰巧正值申請期間，她覺得這簡直是命運的安排。於是她寄出申請，這一切都在短短一個禮拜內完成。

當她收到合格通知，馬上離職，並且和男友說了這件事情。

「妳申請前完全沒有告訴男友嗎？」我很是訝異。

「沒有，我想說過了再講。沒過講了也沒用呀～」她輕鬆地說著，並吃起了義大利麵。

「那……妳男友知道後是什麼反應？」

菲菲大笑出聲，「氣死了啊！說什麼我都不尊重他，也沒有先跟他討論，壓根沒考慮過他的感受，或是說我不在乎這段感情等等。」

「那妳怎麼辦？」

「我還是去了啊。」菲菲兩手一攤，「況且我在申請前就預料到，如果過了，他會是這樣的反應。」

「那這樣妳還申請？」

「為什麼不？」菲菲一臉疑惑，隨即理直氣壯地說：「這是我的人生啊。」

她說得太過直率，反倒讓我覺得自己的問題很白痴。

我想這就是我跟她的不同。

我想，程書正就是看到了這點不同。

※　※　※

「這邊要左轉。」陳國正忽然開口，讓恍神的我嚇了一跳。「妳在發呆？」他感到很不可思議，還回頭看了一下後面。「在開車耶！」

「我只是稍微想到過去的事情。」我的心臟狂跳，手指顫抖著握緊方向盤。「還好這邊路大車少。」

「是啊！要是在都市就被撞飛了！被後面的車子撞到田裡去！」陳國正誇張地說著，「換我開吧。」

「你會開車嗎？」我驚訝地問。

「怎麼可能不會？我可是神車手耶。」陳國正說完後就直接開門下車。

「還說什麼在都市會被撞飛，直接在馬路上下車才會被撞飛。」我嘟囔著，也解開安全帶下車。

他已經站在駕駛座旁邊等，還一邊碎唸著。「不能這樣開車呀，實在太危險了，妳平常也這樣開車嗎？」

我有點想反駁他，但對上他眼睛的瞬間，覺得他好像有些不同。是什麼變了？長相似乎不太一樣，但又說不出到底是哪裡。

是因為他把鴨舌帽拿下來的緣故嗎？

「妳還發呆呀，快點回車上，在大馬路上停車很危險！」他教訓著，我沒好氣地走到副駕駛座，打開車門時，看見他的背包在座位上。

他立即伸手把背包移到後座，但動作卻突然停下，我聽見他鼻子用力吸氣的聲音。「是不是有個臭味？」

我皺了眉頭，進到副駕駛座也跟著聞了下。「有嗎？」

「嗯，有點像死老鼠的味道。」他將空調轉到最大，「不排除是老闆偷懶，沒認真幫妳清車的關係。要是晚上還有的話，我再幫妳檢查看看。」

「應該只是太熱，所以有怪味吧。」我繫上安全帶。

「妳是不是鼻塞了？我等等一定要好好檢查一下。」陳國正邊說邊轉動了方向盤，就這樣一路行駛。

「欸，你幾歲？說不定我比你大耶，講話還那麼沒禮貌。」我忍不住回嗆。

「唉唷，想要我叫妳姐姐嗎？我今年二十四歲，我想妳頂多剛畢業吧？」

聽到他這麼說，我又再次笑了出來。「你是在奉承我嗎？這一招對我來說不管用。而且你二十四是騙人的吧？你看起來沒有這麼年輕。」

「哇！好像妳就很有禮貌的樣子耶！」他用誇張的語調開著玩笑，「但我講真的，妳看起來年紀很小啊，不過卻像歷盡滄桑一樣，失戀真的不好過齁。」

「也沒那麼滄桑，跟很多痛苦的戀愛相比，其實我算是幸福的。」胸口湧上的情緒與其說是悲傷，倒不如說更多的是憤怒。

「嗯……有多幸福就有多痛苦，我覺得是成正比的。關鍵在於，我們自己是否能釋懷罷了。」他說著的同時，我們也抵達了目的地。

意外地，這裡的人並不多，我們很快就找到位置不錯的停車位。

「很幸運啊。」他說著。

豔陽高照，但並沒有想像中炙熱，氣溫甚至稱得上是舒適。

我們往裡頭走去，出發前我先看過評論，有人說因為大雨關係，花掉了不少，不過眼前卻是滿山滿谷的金針花海，美得不真實。

「哇……」我忍不住發出驚呼聲。

「再往上走，有一個制高點看起來會更美喔。」他一面說，一面領著我往前走。

「真意外，我還以為人會很多。」連現在走的這條路上都沒有人，我環顧四周，發現遊客都分散在花海裡拍照。「那裡面可以進去？」

「我不知道耶。」陳國正聳肩。

我們來到一處觀景台，這裡帶了點坡度，但意外地我並不覺得疲累，看著眼前的美景，卻總有點奇怪的感覺。

「好像怪怪的？」

「哪裡怪怪的？」

我看著藍天白雲與彩虹，太陽和月亮同時掛在天上，下意識地用手機拍了張照片。相片美得驚人。同時，我又注意到自己的未接來電和未讀訊息。

嗯？居然沒有增加？

看來他們都放棄找我了吧。

我收起手機，低頭看著下方的金針花海，一片黃澄澄中，還有紅色、白色、藍色等不同花色點綴，我定睛一看，那是我認不出的花朵，怎麼金針花海還有這樣的花？

「你有看到嗎？」我問陳國正。

「看到什麼？」

我伸手指了下方的其他花朵，仔細一瞧，那些花比金針花還要大上許多，花瓣顏色也十分奇異，怎麼會有那樣顏色的花呢？

曾經在電視上看過，大自然中，鮮豔的顏色大多是有毒的。因為無毒的植物與動物都會盡量避免衝突，與自然環境融合一起。

然後我注意到了，有一朵七彩的花，佇立在山中央，那花瓣之大，說不定能比得上碗公。

「奇怪的花朵、奇怪的顏色。」

「沒有奇怪的花、也沒有奇怪的顏色。」陳國正看著我指的方向，「這裡本來就有那些花。」

「真的嗎？」

「真的，妳第一次來所以不知道吧。」陳國正笑了笑，彷彿我太大驚小怪了。

「但網路也沒人講過，這麼奇特的花怎麼可能沒有人講。」

「是因為不奇特，所以才沒有人講啊。」他聳聳肩。

「是嗎？」我還是有點狐疑，但下方其他遊客，的確沒有人去拍那些花，大家都在金針花海中漫步著。

「妳不是說這是場失戀之旅嗎？所以妳原本打算和男友一起旅行卻分手了，還是因為分手了，所以才自己出來旅行？」

「我們說好一起去日本，但他和別人去了。分手以後，我決定自己出來走走。」

「哇，所以他是劈腿被發現才分手嗎？」陳國正驚呼。

「嗯。」我扯了嘴角，「雖然現在劈腿這種事情已經見怪不怪了，但我還這麼生氣到放不下，也是很看不開。」

「以前的人三妻四妾也沒什麼好奇怪的，但女人間還不是一樣會嫉妒吃醋？所以說這種事情沒有什麼見怪不怪，會在意的就是會在意。」陳國正舉的例子很奇怪，但至少沒有否定我。

「那你呢？你是怎麼失戀的？」

「我喔，對方死了。」

他說得輕描淡寫，但反倒令我愣住。「什、什麼？」

「她因為生病過世了，所以我算是失戀啦～」

「你是開玩笑的嗎？」

「當然不是。」

「那為什麼語氣可以這麼輕鬆？」

「因為我沒辦法讓時光倒流，沒辦法改變的事情，我總得要往前看不是嗎？」

他說完這句話後，將手肘撐在欄杆上，露出一抹苦笑。「這些話……是我女兒告訴我的。」

「啊？女兒？」要講出這樣的話，年齡至少要國中以上吧？這樣他不就很年輕就當爸爸了嗎？

他是不是在唬我？

但是，我看見了他無名指上的戒指，為什麼直到現在我才注意到那枚戒指呢？

「你很年輕就當爸爸了呢……」

「我？我是適婚年齡結婚生小孩的，才不年輕呢。」他疑惑地說，面容看起來比剛才成熟了一些。

我揉揉眼睛，怎麼有種奇怪的感覺？

「別說我的事情了，先說說妳吧。男友劈腿，結果呢？」

「結果就是他要分手。」

「劈腿的對象妳認識嗎？」

「認識。」我的胸口傳來痛楚。

比起傷心與難過，我更強烈的情感是——憤怒。

※　※　※

自從我和程書正說完日本行的夢想後，和他的距離越來越遠。

我以為我們再來應該會踏入婚姻，結果反倒變得更加疏遠。

早知道就別告訴他自己曾經的計畫了，話說回來，那真的是我的計畫嗎？

要是我真的想要，就應該跟菲菲一樣去執行才對。

可是我做不到像是菲菲那樣，其實，程書正出現那年，或是隔年都有申請機會，但我沒有那麼做。

當時，我甚至和程書正都還沒正式交往，一開始我也沒有喜歡上他。

所以，和他戀愛並不是導致我無法成行的主因，而是我最初，就沒有真正地行動。

我知道我和他發生了問題，即便我最後老實告訴他，說我只是覺得有夢想很酷，才會騙他說去日本是我的夢想也沒用了，我們之間的感覺已經變了。

後來他的工作開始需要去日本出差，我靈機一動，提議趁這個機會和他一起去日本，他工作也沒關係，我自己安排行程。但是他拒絕了。

「我是去工作，妳跟著去做什麼？」他的話也有道理，這樣他同事一定會覺得他女朋友好纏人。

所以他出國了，又回國了。

設計師為什麼需要出差？因為有日本的案子。

難道不能遠端討論？因為去現場才有誠意，畢竟還得丈量。
這些問題我都回答得出來，所以就沒有問他了。
但我知道的，知道有問題的。
他回覆我訊息的速度變慢了，連假日見面次數也變少了，就算出門，他好像也心不在焉，甚至會提早結束行程。
我問他怎麼了？他只說自己不舒服、有事情、沒心情等等。
然而我曾經在某次去廁所回來時，發現他正對著手機螢幕傻笑。
該說是女人的第六感嗎？那種笑容一看便知道在螢幕裡面的對話肯定不單純。
但我沉住氣，裝作沒有發現。帶著笑容與他繼續約會，在回程的路上，我甚至還用手機做了「如何判定男友是否出軌」的測驗。
結果是百分之九十。
我知道網路測驗不準，但我相信自己內心的直覺。
程書正的確對我有了許多不耐煩，也的確心不在焉。
甚至連那些出差都疑點重重。
我第一個想到的人就是甄妮，在菲菲找我吃飯的當天晚上，我就從菲菲的社群找到甄妮的頁面。

甄妮長得很漂亮，像是電視明星那般閃耀，她似乎是做藝術相關的工作，生活照總充滿著藝術感，也時常外出拍攝一些其他人看不懂的意境照。

但甄妮有男友，她的男友是攝影師，常常幫她拍許多很美的照片。

我看著甄妮的頁面，直覺告訴我不是她。

她的男友太優質了，兩人站在一起的合照，無論氣質或外貌各方面都是渾然天成般地相配，不可能會跟程書正再搞在一起，氣質完全不對。

但除了她，我也想不出來有誰。

所以我鼓起勇氣，主動私訊甄妮。

晚上，我咬著手指等待程書正的訊息，並且計算從我們約會結束到現在已經過了五個小時，他都沒有回我訊息，也沒有回租屋處，到底去了哪裡？這時，我收到了甄妮的回覆。

「妳好，書正的女友。」

我看著那句話，猶豫著要回覆什麼。

問她程書正的狀況？她是他的朋友，她會不會告訴他？

但是她告訴他又怎樣了？

所以我快速打了一段文字後送出，「我知道妳有男友了，這樣傳訊很冒昧。但妳知道書正下午去哪了嗎？」

對方很快已讀，似乎在打字，可是許久都沒有傳訊回來，正當我再準備發送訊息時，她傳來了文字說：「妳沒看到嗎？」

這句話讓我覺得很奇怪，同時又有種不安的感覺。

我想著，如果我說「看見什麼？」，她會不會就含糊帶過？因為那表示我不知道。

而她既然會這麼問，表示她認為我應該要知道。

「我看到了。只是想確定妳知不知道。」

我又想了一下，然後補上一句：「因為沒看見妳。」

甄妮回覆訊息的速度變快，我明白自己說對了。

「妳不會現在還在懷疑我吧？我跟書正根本沒什麼，我也沒有去。他們甚至沒有約我，我也是看到貼文才知道的。」甄妮的回覆讓我明白，程書正跟誰出去了。

「所以菲菲她也沒跟妳說？」

「沒有。」甄妮繼續回應，「他們最近好像滿常出去的，我以為妳知道。」

「有時候知道，有時候不知道。今天就不知道，看到發文才知道。」

打這段話時，我雙手發顫，因為當我點進去菲菲的頁面時，什麼都沒看見。

菲菲遮蔽了我。

他們是高中同學，本來一起出去就沒有問題。可是居然時常一起出去還發文，然後還要遮蔽我？

這就有鬼了吧？

「不過我不知道菲菲和書正也這麼好。因為妳跟書正交往過，你們也一直都是好朋友。」

「我們以前是三人團體，一直都很好。」甄妮打完這句話，我正準備跟她說謝謝、打擾了之類的話，但她卻接著說：「但書正以前喜歡菲菲。」

「不過這是國中的事情了。他們國中就認識了，後來高中我才跟他們同班。我跟書正交往後，他才說以前喜歡菲菲，但沒有告白，菲菲好像也不知道。反正呢，我們和書正都是清白的，妳也別想太多了，我會等你們喜帖的。」甄妮打完這一長串後，我跟她說了謝謝。

心跳加劇，我相信自己的第六感，這絕對有問題。

所以我把舊筆電拿出來，以前程書正曾經用我的筆電登入過社群，當時並沒有登出就關機了。

但已經是五、六年前的事了，登入的紀錄還在不在我也不確定，只是賭賭看而已。

當我點開網頁時，程書正的頁面就這麼出現在我眼前，我顫抖著滑動他的首頁，沒有什麼異常，就跟我手機看見的一樣。

但當我點開搜尋欄，卻發現菲菲的名字在第一個，接著點入菲菲的頁面，看見了好幾張他們出遊的照片。

其實那些照片沒有什麼，並不是單獨合照，他們也不是單獨出去，照片中還有其他人，而他們也沒有站在一起。

可是，我看見了那幾張日本旅遊的照片。

她宣稱自己是單獨旅遊，可是旅行的時間，還有相片裡的景點，都跟程書正重疊。

我又不是傻子，他們之間已經有什麼了。進展到哪裡不知道，可是兩人一定互表過情愫了。

我的雙手顫抖，內心的憤怒大於難過。

當時，我只有一個感覺，就是我要殺了他們。

「知道男友劈腿會憤怒是很正常的。」陳國正看著眼前的雲朵飄過，那雲像是棉花糖一般，帶著淡淡的粉紅。

※　※　※

「我也是這樣想。但是我好氣，太氣太氣了，氣到我在某個瞬間忽然覺得……我是不是其實並沒有很喜歡他？因為我只有憤怒，沒有傷心和難過……」

「不可能完全不傷心吧。」陳國正瞇起眼睛，側頭看向我。「憤怒也是一種情緒，不用探究妳到底愛不愛他，但妳確實受傷了。」

「一般人被背叛，會傷心、痛苦、流淚。就算也會憤怒好了，但更多的似乎是不甘心，也後悔自己付出的青春與放棄的夢想。」我雙手緊握，指甲都掐進了肌膚。「但是我彷彿只剩下憤怒，我氣他們把我當白痴，也氣相信他們的我，我只是不斷想著，他們從什麼時候開始？從什麼時候把我當白痴？」

「那妳做了什麼？」他問我，這瞬間我愣了下。

我的腦中閃過很多畫面，頓時覺得自己好像沒辦法站穩，搖晃了一下，陳國正眼明手快扶住了我。

「小心。」

「我、我只是忽然有點頭暈……」這時候我才忽然注意到，腳下的平台不知何時長滿了花草，而這些花七彩繽紛，就跟我剛才在金針花群中看見的一樣。「這裡什麼時候長了花……」

「一直都有啊。」陳國正微笑，「妳還記得妳做了什麼嗎？」

我看著那些花，覺得腦袋越來越暈了，我伸手抱住自己的頭。

我太生氣了……氣到無以復加。

所以我找上了菲菲，想跟她理論。我直接衝到菲菲的租屋處，好笑的是，程書正居然也在。菲菲一見到我，馬上哭著向我下跪，還不斷摑自己的臉，一邊說她從以前就喜歡程書正，只是後來他跟甄妮交往，所以她以為他們永遠只是朋友。

「但是書正在我心裡一直都佔有一席之地，每當他特地來找我吃飯時我都很高興，但又不能表現出來，我們當了太久的朋友，我怕失去他。後來他又跟妳交往，我以為、以為真的能放下他了，所以才決定去澳洲，想藉著單獨旅行，來放下他。可是……越遠離就越想他……回來後我跟妳見面，又跟書正來往更加頻繁後，才知道我們這些年不斷錯過……」

「這一切都是我的錯，是我一直猶豫不絕，對不起，不要怪菲菲。我們分手吧。」

程書正站在菲菲身邊，這也是理所當然的，他們都搞在一起了，怎麼可能還會站在我這邊呢？

我記得我隨手拿起什麼東西就往菲菲頭上砸過去，程書正嚇壞了，他好像也想要攻擊我，然後我便抓起一旁的……我不知道那是什麼，總之我也往程書正頭上砸去。

我的眼前一片紅，我看見自己的腳正踩在紅色的花朵上。

「咦？」我驚呼，自己的雙手拿著好幾枝花朵，紅色的細長花瓣，腳下也踩著這些花束。

然後我抬起頭，陳國正也拿著那些花束。

「給我吧。」他伸手接過我手上的花，嘴角帶著輕淺的笑意，我注意到他的臉正逐漸變得蒼老，這瞬間我升起一種熟悉感。

但是我說不上來，意識變得有些模糊，周遭的一切都像是隔絕了一層泡泡膜般，彷彿很近卻又很遠。

他慢慢拿走我手上所有的紅花，當所有紅花都到他的手裡時，頓時我腳下踏的花朵也消失，而一個回神，我才發現自己站在車子的後車廂位置。

「妳的行李箱裡面，裝的是什麼呢？」他問我，眼前的陳國正已經不是他了，而是另一個男人。

他的面容熟悉，但我想不起來。

我顫抖著手，不知道為什麼，我沒辦法拒絕他。

眼淚不斷掉落，我打開了後車廂，裡面躺著我的黑色行李箱。

腐臭的味道蔓延，我伸手拉開拉鍊。

那裡躺著的——是我。

「嗚……嗚嗚嗚……」我跪了下來，痛哭流涕。

陳國正伸手，溫暖的大掌覆蓋在我頭頂。

「沒事了，一切都還來得及。」他的聲音沙啞又帶著溫柔，隨著他撫摸我的方式，我猛地抬起頭看向他。

「爸、爸爸……？」我喊出這陌生的詞彙，怎麼可能，爸爸早在我高中時就過世了，媽媽更是在國中時就不在了……他們……都離開我很久很久了。

「妳太快過來了，我們還不想見到妳。」爸爸看著行李箱裡頭的我，而我哭到不能自已。

「從、從什麼時候開始，我就來到這裡……？」

腳下傳來冰涼的水流，車子、道路、山都已經消失，我站在湍急的河水中央，而爸爸手裡拿著紅色的花束，他身後的河岸也長滿了一叢叢紅色的花。

我的確……不想活了。

是被背叛讓我感到痛苦，所以想自殺？

不，不是的。

是因為罪惡感，還有不敢面對的心。

我動手傷害了菲菲，在我模糊的記憶中，那碎裂的玻璃劃傷了她的臉，傷口很深，近乎毀容。而我拿起什麼砸向程書正，已經不記得了。

但是、但是當我看到鮮血時嚇壞了，所以我不顧他們的哀號，看見菲菲車子的遙控器就放在桌上，我一把抓起後馬上逃離。

菲菲的車就停在樓下，我連忙上車準備逃亡，但因為太過害怕，渾身上下抖個不停，連車鑰匙都無法順利插入鑰匙孔中。

就在我強迫自己必須冷靜下來的時候，我看見他們兩個居然互相依偎著從一樓鐵門出來。

而且，他們身上沒有血、也沒有傷。

奇怪，這是怎麼回事？難道我剛剛沒有打傷他們嗎？

是我幻想的嗎？

但我的確是跟他們見面了，不然我怎麼會開著菲菲的車子？

在還沒搞清楚狀況前，我已經發動車子，並且踩下油門往他們的方向衝了過去。

我應該是有撞到他們，但沒有輾過他們。

他們活著，但說不定傷勢不輕。

我不知道……真的不知道。

因為我逃跑了，回到家後快速整理好行李，馬上搭乘火車前往花蓮。

我一邊想著，如果他們死了，我被抓，那就完蛋了。

一邊思考著，不如就這樣當作最後一趟旅行，最後再找個山明水秀的地方自盡，這樣是不是比較好？

「但是我還沒……還沒做啊，我才剛到花蓮不是嗎？我才去吃午餐……然後……」我摀著嘴巴，看著周遭的環境，我站在河中央，爸爸身後的河岸在發亮，那裡長滿了紅色的花。

而我身後是另一邊的河岸，同樣長滿了花朵。

但不同的是，我看見媽媽站在爸爸身後的岸上。

「媽媽！媽媽！」我大喊著，我有多久沒見到她了。

她跟我一樣流著眼淚，然後奮力大喊。「回去吧，女兒！」

「回去面對自己該面對的吧。」爸爸也哭了，伸手擁抱我，接著用力推了我一把。

我往後跌去，明明距離岸邊該有一段距離，但最終卻穩妥地倒在岸上，我立刻坐起來，河的寬度變得好長、好寬，爸媽站在對岸與我揮手，離我越來越遠。

我大哭著，自己什麼話都還沒說……

忽然，我感覺全身都傳來劇痛，在眨眼的須臾之間，我看見了白色的天花板以及過亮的燈光。

我立刻用力閉起眼睛想躲避光亮，並伸手欲阻擋光源，也因為如此，身邊的人發現我醒了。

「妳醒了嗎？知道自己叫什麼名字嗎？」旁邊的人急迫地問我，我明白自己回到現實世界，便又沉沉睡去。

等到我清醒過後，才梳理了狀況。

我是真的和陳國正在麵店相遇，也真的相約要一起旅遊，然後就在前往赤科山的路上遭後車追撞，車子被撞進田裡，陳國正很快從車內爬出來脫困，但因為我面向下方，加上車子有點變形，所以沒辦法把我拉出來。

直到警消人員趕到，才將我救出，送上救護車。

那之後，我就進入……陰陽兩界的交界吧。

我看著一旁的行李箱已經被打開，裡頭放著的是所有我和程書正交往時的物品，照片、他的衣服、筆電、公仔、大量的設計書籍等，還有一些我的衣物。

「行李箱整個飛出去，彈到路上後炸開，我盡量幫妳收拾了，也盡量把東西都撿起來，妳要再檢查一下。」

「不用，那些東西我本來就打算要丟了。」我說著，這趟旅行除了逃亡以外，就是打算把這些東西丟掉，順便……也丟掉自己。

所以在那交界處，我才會在行李箱裡看見自己的身體吧。

沒想到，最後是父母出面制止我的錯誤決定。

「我的手機呢？」

「在那邊充電，螢幕奇蹟地沒有裂開。」陳國正邊說邊幫忙拔下充電線後遞給我，我看見他的手掌包覆著紗布。

「對不起，讓你受傷了。」

「是後車追撞啦，不關妳的事，無妄之災。」陳國正爽朗地笑著。

「你說你是本地人，只是住在富里，對吧？」我看著他的臉，「然後你是來失戀之旅？」

「咦？我有說過嗎？」陳國正很是驚訝，抓著頭不否認。

這些話，都是發生在被追撞後，我陷入昏迷，靈魂到了陰陽交界處，爸爸告訴我的，然而，卻也符合陳國正的真實狀況。

這會不會是爸媽另一種緣分的安排？

雖然我意會到了這點，但還是笑著搖頭。

目前，我有更重要的事情要做。

我終於打開手機，看著裡頭那些訊息與電話。

然後我顫抖著，點開了未接來電，幾乎都是程書正的號碼，還有一些共同朋友。

太好了，程書正活著。

然後我點開訊息，傳送最多的是菲菲和程書正，這再次讓我卸下一大重擔。

他們都活著。

於是，我點開了每個人的訊息，但卻越看越古怪。

「對不起，我錯了，妳不要想不開好不好？」

「拜託妳接電話，拜託妳不要做傻事！」

「傻眼，妳人在哪裡？」

「妳發那個文是認真的嗎？」

「欸，我開始害怕了，妳人到哪去了？」

發文？

我疑惑地來到自己的社群平台，發現自己居然發了即將自殺的貼文，且絲毫沒有提起菲菲與程書正的背叛，只說自己累了，疲倦了，不想留在這世界了。

「這是……怎麼回事？」因為我的臉色慘白，陳國正好奇地湊了過來，看到了我的發文。

「妳想要自殺？」他驚呼，「不要亂來耶，大難不死必有後福，別鬧喔！」

「我、我原本的確這麼想，但現在已經不這樣想了……可是，我明明開車撞了他們、明明拿東西砸了他們的頭……怎麼會……？從哪裡是幻想？哪裡是夢……？」我抬頭看著一臉古怪的陳國正，「現在是真的嗎？你是真的嗎？」

「欸欸欸！不要亂摸！我當然是真的！」陳國正雙手拉住我的手腕，阻止我繼續碰觸他的臉。

「好痛！」因為忽然移動身體，充分感受到各處的疼痛十分明顯。

「抱歉！我動作太粗魯了。」陳國正趕緊鬆開手。

「不是……是我的問題……」我感覺到自己的牙齒在打顫，我看著陳國正。

「我、我好像怪怪的……」

接著，我一股腦兒把所有事情都告訴他，但扣除了我遇見爸媽這件事情，前面聽起來就夠詭異了，要是連這件事情都說，他一定會把我當神經病。

我說完以後，陳國正先是安撫我的情緒，接著問我記得什麼，問我分不分辨得出來真假。

我搖頭，又點頭。

因為那經歷的一切都很真實，而假設現在才是現實，那根據留言還有訊息判斷，我的確到過菲菲家攤牌，也在那遇見了程書正。

他們跟我道歉也跟我承認，然後我就拿了菲菲的車鑰匙離開，接著開著她的車回家整理行李後，又開著她的車到火車站。

然後就發了一篇我要自殺的文貼在社群，這讓他們兩個嚇死了，自責並且到處找我，而看見發文的朋友們也在找我。

我還以為自己是孤單寂寞的，原來，我有這麼多朋友。

這才是真實的事情經過，然而在我的幻想中，我傷害了他們兩個，所以我才畏罪潛逃，才要自殺。

「妳別緊張，沒事的。我請醫生過來好嗎？」陳國正輕聲地說。

「你覺得我瘋了嗎？」我緊張地抓住他的手。

「妳沒有瘋，但妳醒來後也需要醫生檢查一下。身體會疼痛，心也會，受傷了都會有不同的反應，既然受傷了，那就看一下醫生吧。」

他的話十分溫柔，穩定了我的情緒。我點點頭，感覺自己依舊在發抖。

「放心，我會陪著妳。」

我點點頭，覺得安心不少。

後來醫生過來檢查我的身體，好在不嚴重，後天就可以出院了。醫生也在聽過我的狀況後，轉介諮商師給我。

在與諮商師對談的過程中，顯示過往我的狀態並沒有任何問題，只是在那個瞬間我被憤怒沖昏了頭，將內心所想具現化，以為那些是真實的。

她要我好好休息、放鬆自己、遠離煩惱，看看有沒有改善。

所以，我決定把手機關機。

我知道大家會擔心，所以還是發了一篇文寫道，自己狀態不佳，才在無意識的情況下發了不該發的貼文，最後告訴大家我沒事，只是暫時需要休息。

順便，把那篇自殺貼文設為隱藏。

我用醫生證明向公司請一段長假，當主管為難地表示我請假時間太長，無法批假時，我則告訴他，那就我離職吧。

在現實的事情處理完畢後，我就關機了。

現代人遠離手機，就是遠離煩惱。

※　※　※

我在花蓮待了一個多月。出院後，我在陳國正的介紹下，住進了一間民宿。我猜陳國正可能跟老闆娘說過我陷入人生低谷中吧，所以老闆娘每天都很細心照料我，餐餐豐盛，讓我胖了三公斤。

「今天車子的理賠出來了。」陳國正拿著單據來到民宿，在他的幫忙下，這場車禍我除了受傷以外沒有任何損失，醫藥費也是實支實付，肇事者還包了紅包給我壓驚。

雖然陳國正說我吃虧了，但某個層面，我其實有點感謝這位肇事者，要不是這場車禍，我不會在彌留之際再次見到爸爸與媽媽。

諮商師猜測，我對被遺留下來這件事情充滿憤怒，同時也充滿孤寂。

我內心深處很渴求愛，所以才會在程書正身上找尋愛。

其實我想去日本卻沒去成這件事情，對程書正來說只是一個藉口。一直以來他都沒有忘記菲菲，只是退在好朋友的位置罷了。

所以當他察覺有機會可以跟菲菲更進一步時，就選擇了背叛我。

即使我沒有發現，他也一直在找機會跟我提分手。

意外地，當程書正傳了很長的訊息跟我說這些時，我十分平靜。

所以我回播電話，告訴他「知道了，分手吧」時，他泣不成聲，無論他說對不起或是謝謝都太過矯情，也沒有必要。

於是我主動掛斷電話，然後開始思考。

我真的，喜歡程書正到可以和他走一輩子嗎？

渴求愛的我，在程書正身上看見了什麼嗎？

或許我自己都沒有覺察，但他身上或許存在類似我對父母的念想，所以我搞錯了。

但無論是怎麼樣的情感，我確實喜歡過他，也和他度過一段很快樂的時光。

如今我們走上了分開一途，也不過是人生的一環罷了。

「妳知道人很常把『成功』和『永遠』畫上等號嗎？」陳國正見我沉思，忽然這麼開口。

「什麼意思？」

「例如與某件事情的關聯，或是與某個人的關係，要是沒有永遠的話，就好像失敗了一樣。」

比方說如果你曾經喜歡畫畫，也進修了畫畫，但幾年後卻不畫了，就顯得你像是沒有畫畫天分一樣。

又或是，你與某個人相戀，卻沒有走到最後，那這段愛情就失敗了一般。

「其實無論是什麼事或是人，只要它曾經帶來快樂與幫助，那就不是失敗的。沒有事情是需要永遠才叫成功。」陳國正說著，我知道他在安慰我。

所以我笑著點頭，「失戀對我來說其實沒有那麼痛苦，我想離開的理由，我現在也搞不清楚了。」

在那個當下，我的情緒凌駕了理性，所以做出了許多匪夷所思的行為。

要是沒有車禍阻止我，或許我還會以為我殺了程書正，並把他藏在行李箱中呢。

「你不用這麼顧慮我，我現在真的好多了。」我看著眼前湛藍的天，這是在臺北不會見到的藍。

「那就好。」

「我有件事情想跟你說。」我深吸了一口氣，將那段關於陳國正的奇幻旅程全盤托出，他聽得嘖嘖稱奇。

「妳的傷並沒有嚴重到會死亡，照理說是不會到奈何橋之類的地方。我想，一定是妳父母見到妳意志消沉，才會出現幫助妳的。」陳國正無論是不是真的相信我的話，他說出口的話語都那麼溫暖。

「謝謝你。」我哽咽著，「對了，你說你是失戀之旅，那你和女友是怎麼分手的？」經過這麼久，我總算問出這個問題。

難道真的和爸爸所說的一樣，是女友過世了嗎？

「唉唷，就一般分手而已啊。她喜歡上別人了這樣。」陳國正聳聳肩，而我笑了笑。

還好跟爸爸說的不一樣。

他見到我的笑容，舒心了不少，然後嘆了一口氣。

「其實在火車上遇到妳的那天，我是去臺北面試的。我和女友是遠距離戀愛，那天為了給她驚喜，所以才偷偷去臺北，還打算在她那邊住幾天。面試很順利，當下就得到錄取通知，於是我便到了她租屋處，用她給我的鑰匙開了門。」他說完後聳聳肩，而我不禁倒抽一口氣。

「總之，或許我早有預感吧，看到的當下並不意外，也乾脆地離開了，然後在花蓮決定下車，來一場臨時旅行。」

「你遇到我那天，竟然經歷了這樣的事……我還害你車禍。對不起。」

「其實，我很感謝遇到妳喔，一連串的事讓我都沒時間傷心了呢。」他大笑起來，也讓我釋懷許多。

「那你再來要怎麼做呢？」

「什麼怎麼做？」

「工作呀，臺北的還去嗎？」

「那妳呢？最後會回臺北，還是會留在花蓮？」

我想了想，然後說：「花蓮吧。」

「是嗎？這麼巧，我最近也錄取了花蓮的工作，所以會留在花蓮。」

見到他這麼說，我又笑了。

「說真的，你到底幾歲？」我問。

「喔？年紀很重要嗎？」他歪頭，裝出疑惑的模樣。

「對我來說有點重要吧。」

「是嗎？」陳國正笑了笑，「對我來說一點都不重要呢。」

「那你花蓮的工作是什麼？」

「嗯，我也不知道妳做什麼呢。」他調皮地這麼說。

我才發現，我們完全不了解彼此，可是卻在最需要的時候，幫了彼此一把。

「我想，不如這樣吧，妳哪天狀況允許，我們再出去走走吧，這一次我來開車……我們再來一趟失戀之旅吧。」

我愣了下，一股暖流淌過我的心。

在這種時候，他對我伸出的是救贖的橄欖枝。

「好，我們繼續未完成的旅程吧……」

我擦乾眼淚，在每趟旅程中，我們都會更了解自己、更明白自己。

有新的邂逅、新的發現、新的落腳之處。

有時會跟故人重逢，有時會與新人締結緣分。

過去造就了此刻的我，無論傷痛或是遺憾，都是我走過的路。

前方的路，是新的，是自己才有辦法開創的。

所以，別害怕，邁開腳步吧。

開始下一趟人生旅程。

# 在紅色鐵塔下

／ Sophia

第13張明信片。

墨爾本 St Paul's Cathedral 的水彩速寫，似乎將遠方的顏色一起捎帶而來，剛進家門的我連包包都來不及放下，便迫不及待地把剛收到的明信片往牆上貼，彷彿只有完成這個動作，才能稍微心安理得地欣賞眼前的風景。

畢竟收件者是一個我所不認識的M。

「乾脆我把英文名字改成 Mary 好了。」我戳了戳坐在書桌椅子上的白熊，轉身鄭重地扶著它的肩膀。「記得，從今天開始我就叫做 Mary。」

總感覺白熊圓滾滾的塑膠眼球中流露出一股鄙夷的氣息。

Marin、Micky、Molly 又或者 Mary，一個不透露更多訊息的字母反而藏匿了無盡的可能性，但我們最終能觸碰的也僅僅只有那所謂的可能性，畢竟沒有人可以掀開答案。

也許我早已經猜對了，卻又捨棄了正解而持續猜測，生活中十之八九的事都是一樣的，我們總是很難接受沒有答案的抉擇，時刻都處於動搖不定的薄霧之中，呼吸裡盈滿困惑的水氣，卻還是必須持續地、吸氣。

「真好，你不用呼吸。」

正當我和白熊進行懇切地交流之際，那顆幾乎成為裝置藝術的門鈴被按響了，像被勉強吵醒的老貓，嘶啞又敷衍地發出了一陣短促的單音。

我瞄了一眼書桌上的鬧鐘，晚上八點半，既不是管理員出沒的時段，我也沒和任何鄰居建立能夠夜間來往的情誼，思緒轉了一圈，我決定當作沒聽見；但門外的人沒有放棄，這次門鈴不像老貓叫聲了，像一台被摔壞的收音機。

小心翼翼地走向大門，瞇起眼，打算透過失真的貓眼觀察來訪者究竟是誰，門縫底下卻先一步塞進了一張 A 4 紙。

紙上用黑色原子筆速寫了一個在門外可憐等候的男子。

我愣了幾秒，唇畔忍不住勾起淺淡的笑容，右手自動地拉開門鏈，替門外的人開啟一道能走進的過道。

「Surprise！」

「晚上的門鈴聲對獨居女子來說是驚嚇不是驚喜。」

「確實。」紀旻緯遞給我一束桔梗，他從以前就是一個特別有儀式感的人。

「我們大概四年還是五年沒見了吧，妳這樣直接讓我進門真的太沒防備了。」

「說不定你才是獵物。」我露出意味深長的笑容，「你喜歡清蒸還是燉湯？」

「燒烤吧，至少能發揮一點餘熱。」

「我剛吃完晚餐，今天先放過你。」

房間裡沒有花瓶之類的容易，我到廚房翻找了一圈，沒辦法，最終漂亮的紫色桔梗只能暫時躺在煮火鍋的大湯鍋裡。

「妳的藝術感真的越來越強了。」

我翻了一個不美觀的白眼，逕自扭開瓦斯爐，重新加熱琺瑯水壺裡的水。「我家只有即溶咖啡。」

「我又不是那種挑剔的人。」

我給了紀旻緯一個不置可否的假笑，四年，或者五年，時間彷彿隔了那樣久，卻又清晰地連背景的紋路都能輕易地描繪出來。那個時候的我們都太過年少而不懂妥協，一些細瑣的小事都彷彿能夠動搖整個世界，我們甚至玩笑地談論過，當某一天我們放棄了手沖咖啡的底線，大概我們也早已經成為了另一種模樣。

但誰也沒有提起這個話題。

咖啡香氣溢滿整個房間，完成了招待客人的必要動作之後，橫亙在歲月之間的、微小而巨大的不知所措悄悄滲了出來，他捧著我慣常用來沖泡早餐麥片的黃色馬克杯，蒸騰的熱氣讓他的面容顯得有些模糊。

我匆忙旋身打開冰箱冷凍櫃，舀起一大杓冰塊加進我的玻璃杯，冰塊碰撞的清脆聲響稍微掩蓋了我的無所適從，他彷彿完全沒有察覺空氣中晃漾的不安定感，淺啜了幾口咖啡之後，朝我揚起爽颯的笑容。

「即溶咖啡的味道穩定多了，不管隔了幾年，喝起來都是差不多的。」玻璃杯壁的水珠承受不了重力而往下墜落，劃出一道蜿蜒的痕跡，也沾濕了我的掌心。

我用湯匙攪拌著杯裡的冰塊，下意識地製造一些聲響，他移開視線，落在那片貼滿異國風景的明信片牆。

「這些都是妳去過的地方嗎？」

「不是。」抽了張廚房紙巾壓乾掌心的水漬，「那些明信片大概都是寄給前房客的。」

「前房客？」

「收件者只有一個單字『M』，甚至寄件人也一樣是判斷不出資訊的『J』，房東聯絡不到前房客，讓我直接處理掉，本來我也想直接扔掉，跟那些寫了各種不同收件者的通知信啦、廣告單一樣，但是……畢竟還是不一樣。」

「滿好的，就算收到的人不一樣，但至少有人接住了對方寄來的風景。」他興味盎然地端詳每一幀風景，忽然側過頭對上我的目光。「剛好我決定放一段長假，乾脆我們一起去旅行好了。」

旅行。

我的手忍不住捏緊，竄進呼吸的咖啡氣味似乎太過濃重了一些。「咖啡趕快喝一喝，我再缺乏常識也知道不能跟一個男人獨處到太晚。」

「下次我帶新買的豆子來。」

「快喝。」

他做出會乖乖配合的表情和手勢，卻依然慢條斯理地啜飲咖啡，確實，這傢伙有各式各樣的優點，特別是細膩體貼，但最讓人煩躁的一點便藏匿在他溫文的氣質底下——

用最溫和的方式展現他的霸道。

「我會在這裡待一段時間，現在暫時住在車站旁邊那間商務旅館，還是妳要收留我？」

「放心，下次我不會幫你開門。」

紀旻緯愉快地笑了，趁我不備給了我一個輕輕的擁抱，我反應過來時，他人已經走到玄關了。

「陳宥菱。」

「做什麼啦？」

「我很想妳。」他揚起手揮了揮，「謝謝妳的咖啡，改天請妳吃飯。」

他的聲音還沒落地，門便先一步被他修長的手闔起，俐落而快速，誰也沒來得及道別，或者留下一句再見。

最後一次見他也是，大概我們都察覺到彼此有很長一段時間不會再見了，卻只是沉默地並肩走了一段長長的路，接著在叉路錯開。

「……居然已經那麼多年了。」

偶爾時間是沒有意義的。

不知為何我忽然望向牆上的明信片，從三年前的梅雨季開始捎來的景色，又會持續多久呢？

斂下眼，當我的視線掃過茶几時又頓住。

桌上擺著一個精緻小巧的禮物盒，繫著漂亮的水藍色蝴蝶結，我有些無奈，紀旻緯這個人總是非常擅長迴避他人的拒絕。

我小心地扯開緞帶，慢慢拆開禮物包裝，一只款式簡約的女用手錶安靜地躺在盒中，秒針一格一格確實地往前推移，沒有任何聲響，我卻彷彿置身於時間長流的喧囂之中。

用力蓋上盒子，我快步走向書桌，拉開抽屜，將盒子連同包裝紙和緞帶一起塞進抽屜，卻還是掩蓋不了秒針前行的機械聲。

我抱住白熊，把頭埋進它柔軟的肚腹，加滿冰塊的咖啡我一口都沒有沾，但房間內瀰漫的氣味便足夠讓人徹夜難眠。

※　※　※

漫漫長夜在我眼眶烙下深刻的痕跡，我一邊打呵欠，一邊詛咒紀旻緯走路跌倒，並且跌進一個健身壯漢的懷裡來個完美的公主抱。

秒針一格一格挪動的聲響，在夜裡有如從浴室水龍頭邊緣墜落的水滴一樣，微小卻喧囂，一滴一滴緩慢挑動綳緊的神經；我在瀕臨斷裂之際用力推開浴室門，想狠狠旋緊總擺出一副與它無關模樣的水龍頭，卻發現磁磚地板異常乾燥，連一滴水也沒有。

可依然有水聲。

最後我靠坐在冰涼的浴缸旁邊，再不去想水聲從哪來，畢竟我哪裡也去不了。分秒之間短暫、卻又是天塹之隔，無論多麼喧囂，我們也只能回頭張望著彼端，聽著時間在沉默之中漸漸凝結成實質的水氣。

而後滴落。

「陳宥菱，妳昨天晚上去做什麼了啊？」

「一整晚都躺在床上警戒牆壁上的蟑螂飛過來，是不是很刺激？」

謝宜萱臉上的曖昧調侃瞬間僵住，她似乎是陷入可怕的想像中，手臂明顯冒出一大片雞皮疙瘩，我卻沒有放過她的意思。

「妳想知道跨物種之間怎麼進行深切的交流嗎？在深夜，只有我和牠——」

「停！我不想知道任何細節。」

「真可惜。」

「給妳。」她從抽屜裡拿出一罐濃度逼近薄荷致死量的手工糖果，謝宜萱提神的方法是利用薄荷徹底將人擊潰之後再重新來過，她說的，像按下重置鍵一樣，每個人都應該有一顆重置鍵。「我五月第二週請一個星期的假去東京，有要買的東西再告訴我。不過，妳就沒想過放假去哪裡小旅行嗎？悶在家多無聊。」

「對我來說，最完美的旅行就是窩在沙發上看 Discovery，或者妳也可以現場直播給我看。」我一邊確認昨天的工作交接，一邊列出今日工作的待辦事項，抽空把不用開蓋就飄散濃烈刺激香氣的薄荷糖推回給謝宜萱。「書法代課老師應該要到了吧？」

話音剛落，櫃檯的電話彷彿回應我的提問一般清脆地響起，謝宜萱迅速地掐斷鈴聲，從她單方面的應答推斷，新來的書法老師似乎找不到才藝教室的位置。

「……那老師麻煩你先待在路口的超商前面，我們會有人過去帶你，五分鐘左右。」

結束通話，謝宜萱忍不住抱怨。「為了省房租把才藝教室開在這種難找的地方根本本末倒置，上一期水彩課開新班，不是有個阿姨因為找不到路直接退課嗎？」

「我去接人吧。」

「書法老師說他穿黑色防風夾克，戴藍色帽子。」

玻璃門外的冷空氣猝不及防地撲面而來，我下意識拉緊衣領，這個冬天留了很長的尾巴，我盡可能跨大步伐，想快點讓身體暖起來，卻被紅燈無情地阻攔。才藝教室藏在住商混合的大樓裡，招牌混在各種商家廣告裡容易把人搞得暈頭轉向，但大樓位置並不偏僻，至少附近有間非常適合作為路標的超商，路程甚至不用三分鐘，耗時最久的是路口99秒的漫長紅燈。

搓了搓手，我抬頭朝超商方向望去，卻忽然愣住。

斑馬線的另一端，一個穿著黑色防風夾克，頭戴藍色帽子的男人正笑著對我揮手，他的特徵和新來的書法老師對上了，但這個人卻完全在我預想之外——

紀旻緯。

燈號從紅色跳到綠色。

在我反應過來前，紀旻緯已經先一步朝我跑來，99秒對於一個路口而言實在是一份過於漫長的等待，以至於我們一不小心便忘了斑馬線的兩端不過只需要幾個跨步便能抵達。

於是他來到我的面前。

「Surprise！」

兩天內，他給了我兩個驚喜。或者驚嚇。

以及，兩個輕緩、並且開始與結束快速得讓人無法去釐清或者定義的擁抱。

「書法老師？」

「科技業待久了，有點懷念書法教室的氣氛。」

「你以前不是這樣說的。」

「人都是會變的。」他並肩走在我身側，替我擋去人群的碰撞。「每個人都一樣，身處其中的時候很難去察覺什麼對自己是最重要的，只有隔著距離和時間之後，才會意識到原來自己跋涉了那麼長一段路，最想去的還是一開始的地方。」

「如果你外婆聽到你這麼說，應該會很開心。」

他望了我一眼，唇畔抿開一抹淺笑卻沒有接續話題，我判斷不出他是有心或者無意，恰好他抬起手輕輕護在我的肩上，路人的錯身迫使我靠向他的懷裡。

低下頭，我裝作若無其事一般稍微拉開兩人的距離，有些刻意地放大音量，讓現實變得更加清晰。

「到了。」

「陳宥菱。」

在我推開門的弧度之間他忽然喊了我，我有些疑惑地扭身望向他。

紀旻緯舉起右手，伸出拇指和食指，輕輕地彈了一下我的額頭。

彷彿和很久很久以前一樣，彷彿當初的一切都未曾改變，他總會帶著戲謔又溫柔的笑容輕輕彈著我的額頭，力道完全不會帶來痛感，卻能讓人在瞬間將所有注意力都擺在他的身上。

「今天開始要麻煩前輩照顧我嘍。」

※　※　※

書法課只有十二位學生，對從小在外婆的書法教室長大的紀旻緯來說，差不多就像站在球門前抬腳射門一樣，只要不出現重大失誤，輕鬆就能得分。

短短一節課，學生對他的稱呼從紀老師變成了小緯老師，下課後甚至有好幾位阿姨熱情包圍著他，意圖牽起一條紅線。

我給了他一個幸災樂禍的表情，沒想到下一刻他身邊的學生們集體回頭將視線甩到我身上。

那些視線銳利得幾乎能夠切割開空氣，闢開一道從我這邊到紀旻緯那端的筆直通路，於是他揉進幾分莫可奈何的話語太過清晰地傳遞過來。

「沒辦法，早就有一條紅線綁在我的小指上了。」

我不敢置信地瞪大雙眼，阿姨們似乎將我的目光解讀成光譜的另一端，鋒利的視線瞬變成盈滿八卦與曖昧的水光；然而我啞口無言，畢竟紀旻緯話說得模糊不明，也沒有指名道姓，但凡我露出一絲慌亂、或者試圖解釋，反而會坐實她們的臆想。

——這才第一天。

我有些麻木地想著，直到紀旻緯輕輕彈了我的額頭，一張俊逸臉龐含著笑意湊近，我連一秒鐘都沒有遲疑，立刻抬起兩隻手朝他的雙頰用力一拍，簡單粗暴地瓦解他的笑容。

「你只是無聊來兼差，我還要在這裡工作不知道多久，不要把情況弄得亂七八糟。」

「誰說我來兼差是因為無聊？」

「不然呢？」

「當然是——」

他有如中提琴音色般的嗓音彷彿漾著些許繾綣，我忍不住往後退了一小步，卻被困在櫃檯的狹小空間裡，他的話音如羽毛般慢悠悠地落在我的心上，不知道隔了多久，他才像是鬆口一般接續。「妳猜？」

當然是什麼？

有一種直覺迫使我迴避這個提問，我抽走他手裡的點名板，語氣有些強硬。「紀老師，點名板交給我之後就可以離開了。」

「陳小姐，後天我會準時來上課。」

紀旻緯一向非常擅長拿捏進退的距離，他很俐落地揮手轉身，像是沒有什麼值得留戀般大步走出才藝教室。

我生命中每一個人的離去好像總是這麼乾脆。

只有我顯得拖泥帶水，徘徊在一個小小的圈圈裡頭，繞著繞著，到最後就分不清自己究竟正在往前走，或者只是不斷地回頭。

「陳宥菱，妳跟小緯老師是怎麼回事？」

「不要連妳也在那邊小緯老師。」

「前男友？」

「大學同學啦。」

「曖昧的大學同學？」

「欠我一萬兩千塊的大學同學。」

「妳吃一顆薄荷糖我就信妳。」

「不需要。」一聽見致死量薄荷糖我就徹底冷靜下來，我對謝宜萱扯開一道微笑。「告訴妳一個小道消息，紀老師非常喜歡薄荷糖。」

「沒有一個字聽起來像是真的。」

真的。

紀旻緯非常喜歡薄荷糖，有一段時期他甚至試著拿薄荷糖來配飯，還拖著身邊的人下水，進行各種薄荷糖搭配實驗，最後我只好夥同另一個人打電話跟他外婆告狀。

他被罰寫了一百張書法，卻像報復一樣每一張宣紙都寫滿我的名字。
明明已經很久沒想起來了。
然而記憶就像漣漪，一旦漾開了一小圈，便會朝外一圈一圈地發散，在我們所無法預料也不能知曉的地方掀起一陣浪花。
我不喜歡這種預感。
於是我著手處理大量的瑣事，避免任何一個會陷入過度思索的縫隙，整理了沒人想接手的資料，又仔細地清掃兩間空置的教室；我在地板和置物櫃的夾縫裡找到了水彩老師上個月丟失的耳機、在巧拼堆裡撿到花藝課學生來電詢問十多次的偶像小卡，每個人必然有幾件遺失的物件，也一定有幾件注定會失去的東西。
今天一天我大概完成了一週的工作量，終於打了下班卡，沒想到，才剛推開玻璃門，就看見──
導致我過度勞累的始作俑者正以一種海報人物的姿態倚在牆邊。
「我無聊，陪我吃宵夜。」
「減肥，不吃。」
「喝咖啡也可以，吃東西也不是重點。」
「無聊是吧。」我瞇起眼，旋即揚起一抹友好的微笑。「要不要跟我去個很有趣的地方？」

※　※　※

喧騰的熱氣、激昂的喊叫、爆發的力量，我像是要擠壓出體內深處的某些什麼一般用力地揮拳，悶重的聲響震盪著我的思緒，一點一點揮散我腦中紛亂的念頭。

兩年前謝宜萱心血來潮拉我報了一期拳擊課，據說減重效果非常卓越，但她低估了體力的消耗量，也高估自己的耐受度，咬牙撐過兩個月之後她就立刻封鎖教練，決定動用金錢的力量轉投體雕 SPA 的懷抱。

——能躺平就不要逼自己站直。

她理直氣壯地拋出白旗，我卻意外喜歡上這種拚盡全力、什麼都沒辦法多想的紓壓方法。

「今天先到這裡，辛苦了。」

教練喊停之後我有些疲軟地移動到拳擊場角落，紀旻緯盡責地扮演起小助理，遞水、披毛巾，只差沒有替我按摩肩膀。

總感覺他顯得有些小心翼翼。

「教練說不能攻擊一般人。」我意味深長地瞥向他，「不過總是有特殊情況。」

「這算前輩的下馬威嗎？」

「你可以當作是。」我喝了幾口水潤了潤乾渴的喉嚨，視線落在遠方的某處。「也想提醒你，不要再用過去的印象來評斷我。」

人都會變。

就算是被困在圈圈裡的人也一樣會變。

「確實，以前無害的小綿羊，短短幾年居然變成暴力袋鼠。」他故作崇拜地拉住我的手腕，「一想到旁邊有人能保護我，真的好有安全感。」

太出乎意料的回應，我忍不住笑了出來，一時間忘了他貼放在我手腕上的熱燙掌心。

我們在角落坐下，眼前彷彿有一條安靜的河流將喧鬧的一切區隔開來，身體還冒著熱氣，激烈運動過後放鬆下來的腦袋有些恍惚，以至於忘記拉開兩個人的距離，而一旦陷入過於親暱的姿態，人們便很容易被拉進對方的私我空間。

「從妳家離開之後，我也很想要一片貼滿風景的牆。」

其實那片牆也不屬於我。

牆是房東的，風景是我所不認識的M的。

「如果哪天妳去某個地方旅行，寄一張明信片給我，像妳貼在牆上的那些明信片一樣，不管是很遠或是很近的地方，我也想看一看那裡的風景。」

他的話不是問句。

甚至沒有冀望得到明白的回應，更像一份祈禱。

「去旅行的時候，我會記得。」

「陳宥菱。」他的聲音放得很輕很輕，幾乎像是一觸即散的煙霧。「我會等妳。」

※　※　※

才藝教室的書法課一週只有兩堂，但我幾乎每隔一天都會以各種形式見到紀旻緯。

例如他在早上七點半按響我家門鈴，拉著我去某間評分很高的早餐店；又例如他突然出現在拳擊場，說來上幾堂體驗課；再例如他夜裡撥來一通視訊通話，逼我勸說一隻盤踞在水溝蓋旁的棕色大狗讓道。

紀旻緯怕狗。

這一點簡直像花了千萬裝潢的房子，點交後卻發現儲藏室的角落有一區油漆沒有塗滿，說不上多糟糕，卻有些殘念。

嚴格說起來，我的生活沒有太大的變化，卻因為闖進紀旻緯，每一天都多了小小的跌宕起伏，日子也似乎過得更快一些。

儘管如此，我依舊防備著紀旻緯各式的心血來潮，怕一不注意便捲來一陣大浪，那畢竟是紀旻緯，沒想到，先朝湖心用力丟進石頭的卻是謝宜萱。

「我分手了。」

「什麼？」

「我有認識的人收到他發的喜帖。」她面無表情地扔了兩顆薄荷糖進嘴裡，空氣忽然清新到有些嗆鼻。「新娘不是我。」

她恨恨地嚼碎薄荷糖，有一瞬間我覺得她口裡被碾碎的是她提到的男人。「我本來以為自己被小三，但他跟那女的只認識半年……也沒打算跟我分手，自顧自決定把我的身分從女朋友變成情婦。」

「也太魔幻……」

「被拆穿之後他惱羞成怒，直接把機票退了，發現不能退款還打了三通電話催我把錢轉給他，但我出的住宿費他當作沒這回事。」謝宜萱諷刺地笑了出來，「這整件事最魔幻的是我居然跟這種男人交往了三年。」

任何的安慰都太過蒼白空泛。

我輕輕撫著她微微顫抖的背，忽然她側過身抓住我的手，睜大眼睛認真地注視著我，鄭重地宣告：「下星期妳去東京吧，七天六夜的雙人房送妳，我排好的假也送妳。」

「這……」

「我在這段感情裡浪費的東西太多了，所以就算只是兩三萬的住宿費，我也不想再因為那個渣男多浪費任何一塊錢。」

「對我來說還是太突然了……」

她沒有繼續說服我，也沒有施展情緒勒索的咒語，幾次深呼吸之後她又扔了一顆薄荷糖入口，這次她的重置鍵似乎有些故障，也許需要更多的薄荷糖，又或者需要更多的時間。

我一整天都在思索這件事。

——我的重置鍵又在哪裡呢？

對著鏡子我慢慢轉了好幾圈，在第三圈半的途中我忽然覺得自己像旋轉烤爐上的脆皮烤雞，大概在重置之前就先一步被當成晚餐了。

一個問題時常會被另一個問題擠壓，於是圍繞我的最大困惑變成了「晚餐吃什麼」的亙古詰問。

經過激烈的腦內風暴，最後我買了燒臘便當。

「……這算是同類相殺嗎？」

我忍不住笑了出來，淺淡的微笑在瞥見信箱中的明信片後霎時開展到最大，然而下一刻，那弧度就這樣凝滯在半空中。

暈染鮮豔紅色的東京鐵塔底下，一行黑色硬筆字如同某個人的身影般安靜佇立著，也許是等得太久，又也許是走得太累。

——我已經旅行太久了，該踏上歸途了。最後一張明信片，希望有一天妳能親眼看見這裡的風景。

我的指尖緊緊捏著明信片邊緣，小心翼翼地，不讓指尖的泛白讓鐵塔的紅豔褪去了顏色，心底彷若空了一處，某些支撐著我的什麼正緩緩傾斜，我知道，從來我就不是那個M，但我卻收下來自遠方的每一幀風景。

——希望有一天妳能親眼看見這裡的風景。

人的衝動大概便只需要一道輕淺的浪，我翻找出手機，不讓自己有更多的猶豫，撥通謝宜萱的號碼。

「房間讓給我吧，我決定下個星期去東京。」

我找不到自己體內的重置鍵。

但也許，貼在牆面上的一張張明信片替我安裝了一個新的重置鍵，而我所需要的，也就只是勇敢一點地按下那顆鈕。

※　※　※

人一旦下定決心往前走，時間的挪移便超乎想像的快。

坐在狹小的座椅上，從橢圓形的窗口灑進的光線充滿異質性，機艙特有的氣味讓我掌心微微發涼，我捏著剛脫下的外套，試圖汲取一些餘溫，指尖卻依舊犯冷。

「Surprise！」

一道熟悉的嗓音從上方落下，像一片緩緩飄落的花瓣，沾附上我的鼻尖，我有些恍惚，愣愣地看著對方在我左側座位坐定，乖巧地繫起安全帶，喀的一聲，我的思緒終於接上線。

「紀旻緯你為什麼在這裡？」

「沒有意外的話，這裡所有人的目的地都是成田機場。」

「我是說——」

「一個人的獨旅很有趣，但如果是妳的話，我實在不是很放心。」他極其自在地調整了一個舒服的姿勢，上半身傾靠往我的方向，他壓低聲音。「我不喜歡跟陌生人靠太近，妳保護我。」

明明我告訴他自己休假準備回老家。

他沒有戳破我的謊言，但一想到自己對紀旻緯的防備絲毫沒有派上用場，我就感到特別鬱悶。

「要起飛了。」

飛機緩慢移動，加速，而後傾斜奔往湛藍的天空。

我不是第一次搭乘飛機，心跳卻無法克制地加速，緊張地扯住外套，試圖想些什麼來轉移注意力，腦袋卻一片混亂；下一刻，一個溫暖的掌心堅定地覆蓋在我的手背上，悄悄給我一份安定。

幾個呼吸之後我試著掙脫，避免讓自己陷入過於親暱的距離，但身側男人已經閉上漂亮的雙眼假寐，乾脆地將一切拍板定案。

他以低緩並透著一點慵懶的嗓音對我說：「我有點害怕，降落之後就會鬆手了。」

紀旻緯的力道不大，隨著高度的爬升，他的掌心卻越發熨燙，我終究沒有將手抽回。

不僅僅由於他的溫柔與善意，更是他那一句害怕。

——每一個晚上我都會被惡夢驚醒，卻又有一部分的自己不想離開那一場惡夢。

最後我別過頭，凝望著窗外不斷變幻的雲層，不過是幾個小時的航程而已……至少我暫時不想去思考飛機降落之後，這場突如其來的旅行究竟會有多少波折。

畢竟，從紀旻緯那句「Surprise」被拋擲而出的瞬間，一切便已經脫離我的預期與想像。

但我想、我的想像力還是太過貧瘠了。

「民宿老闆聽見我有朋友先預訂房間，就給我打折了。」他爽颯飛揚的神情莫名地勾起我的煩躁，「省下來的錢請妳吃飯。」

「不需要。」

對付紀旻緯最簡單明快的方法就是掐斷他拋出的話題，乾脆地關上門，回到屬於自己、並且不會被他闖入的空間。

少了一個沿路說著大量話語的人，世界忽然變得比起初更加安靜而沉默，我一邊收拾行李，藏匿在深處的不安悄悄地滲出，我彷彿又聽見秒針一格一格挪動的聲音。

花了一點時間，我才分辨出斷斷續續敲擊著我思緒的聲音是真實存在的，從牆的另一邊，不厭其煩地傳送而來。

噠、噠噠噠——

持續落下的單音，和記憶夾層中的停頓與延長產生了共鳴，是摩斯密碼。

我幾乎以為自己不記得了，大學時期的我們，在看了某部電影之後便非常熱衷於各式密碼，無論多日常無聊的訊息內容，像是早餐要吃些什麼這類的瑣事，透過密碼的轉譯，都變得深刻而特殊。

於是我們的青春顯得格外濃烈與揮之不去。

——boring。

我不想被他牽著鼻子走，抓起手機快速地傳了「不要吵」，牆壁另一側的動靜頓時停下，但我手機還沒扔回床上，他又敲出另一串密碼。

——Good night。

他把「晚安」塞進我的房間之後，卻稀釋了我的睡意，在柔軟的雙人床上翻來覆去，為了避免自己再度陷入成為旋轉烤雞的命運，我索性逆向操作，泡了雙倍分量的即溶咖啡，乾脆地迎接黑夜。

我拿出那張繪有東京鐵塔的明信片貼在牆上，指尖滑過冰涼的牆面，那瞬間我彷彿觸碰到紀旻緯敲擊密碼時殘留的細微震動；我們總是逃避去思考很多事情，但那卻消弭不了即將、或者正在發生的某些什麼。

紀旻緯猝不及防地闖進我的生活，不可能是一份湊巧，又或者是一句簡單的驚喜，如同這一趟不在清單上的旅程，從某一瞬間，在我察覺之前，或許我已經踏上了一條不能肯定方向的路。

——不能預料的人生才有趣吧。

恍惚之中我彷彿聽見一道來自遙遠他方的年少嗓音，在我們還吞嚥不了咖啡苦澀的歲月。

那時候的我們無論如何都難以明白，生命中那些不能預料的事物，在某些時刻竟會超出一個人的負荷。

在他鄉，或許人總是會變得多愁善感。
許久之後我終究是拿起了手機，傳出了一道訊息。
「晚安。」

※　※　※

「你沒有自己想去的地方嗎？」
「任何一條路都很有趣，旅行不就這麼一回事嗎？」他舉高手機趁隙拍了好幾張兩人的合照，十分自得其樂。「鯛魚燒！分妳半隻。」
他拉起我的手快步走向鯛魚燒小攤，手腕、手背、手心，紀旻緯的碰觸簡直像一種試探，緩慢地讓海水浸潤更多的細沙，卻總是在恰到好處的時間鬆開；斂下眼我說服自己不要在意，也不要過度解讀。
「魚頭給妳。」
「我要吃尾巴。」
「妳知道有個心理測驗是看人從哪裡開始吃鯛魚燒嗎？先吃尾巴的人呢，謹慎細膩，但是對感情特別、特別遲鈍。」

我伸手把鯛魚燒塞進紀旻緯的嘴，指腹滑過他柔軟的唇，我若無其事地將手收回，卻下意識蜷縮起留有他唇畔觸感的食指，扭開綠茶的寶特瓶瓶蓋，灌了一口茶水來壓下席捲口腔的甜膩。

「太甜了，借我喝一口。」

紀旻緯拿走我剛喝過的綠茶，理直氣壯地喝了兩大口。

他從來不是一個缺乏界線感的人，相反地，從以前他便極為擅長拿捏分際與距離。嚴格的外婆挹注在他人生中最重大的事物並非一手行雲流水的書法，而是教導他——無論身處何時何地，一個人在採取任何行動之前，首先必須釐清自己的位置，以及接下來想走到哪裡。

「民宿老闆說的市集在前面那個公園吧。」

他把重新旋緊瓶蓋的綠茶放進我的手提袋，右手自然地握住我的掌心，他沒有望向我，彷彿兩個人交握的雙手只是一件無關緊要的小事，一件理所應當到沒必要在意的小事。

「紀旻緯——」

「人太多了，妳小心變走失兒童。」

我還在糾結兩個人交握的手心，沒想到，才剛走幾步，紀旻緯便將手鬆開，下一秒一個輕輕地扯動，他伸長右手環著我的背與左手臂，將我圈劃在他的保護範圍內。

市集的人潮不斷推擠碰撞，反倒使他的舉動顯得再合理不過，縱使有些不合時宜，但畢竟是這種場合狀況，也是能夠理解的。

紀旻緯一直非常擅長踩在對方的界線上。

「前面在辦活動，難怪人都往那邊湧。」他側過頭，清亮的雙眼注視著我，那瞬間我的心底掀起一陣不受控的水波，並且迅速漾開，朝外劃出圈圈漣漪，一時間我竟找不到止住波紋的辦法。「既然來了，就應該去湊熱鬧。」

好不容易擠到活動攤位，居然發現那是情侶限定的特別活動。

工作人員熱情地向我們解說活動方法，最流俗的拍照打卡換禮物，但所謂的照片是親暱的情侶照，並且在市集結束之後，網路票選最有人氣的組別還能獲取三天兩夜的溫泉旅行。

「我們不符合活動資格，走吧。」

「妳說什麼？」

大概是現場太過喧鬧，我放大音量又說了一次，紀旻緯依然沒有聽清。

我只好踮起腳尖，而他也配合地彎下腰靠向我，在我準備再次開口之際，他忽然拿出手機，另一隻手猛然用力將我摟向他，轉過頭對我揚起過於燦爛的笑容，按下了快門。

「拍好啦。」

「你——」

「禮物是小熊吊飾喔，妳不是喜歡熊嗎？」

他開心地拉著我到活動攤位換取禮物，是一對情侶小熊吊飾，趁著他登錄資訊的空檔，這次我終於快他一步反應過來，直接拿走兩隻小熊。

「是要送我的吧，謝謝。」

他愣了一瞬，給了我一個有些寵溺的微笑，輕輕彈了我的額頭。「當然是要給妳的。」

紀旻緯又牽起我的手。

口袋裡的只有棉花糖大小的小熊吊飾，隱約帶來某種沉甸甸的重量感，恰巧在靠近紀旻緯的那一側，每一次跨步都必須小心地維持平衡，彷彿只要一個微小的失誤，便會跌往某個兔子洞。

我們從市集的起點緩慢走向終點，大概是察覺到我對擁擠的人群不大適應，他並沒有對哪個攤位表現出特別感興趣的模樣，其實不必這樣的，話語在舌尖打轉，卻始終找不到一個適當的時機開口。

又或許，讓我不安的並非人群，而是兩個人過於親暱的姿態。

「下午要不要去澀谷的展望台？」

「我有想去的地方。」

「那——」

「一個人。」我們走到公園的出口，他搭在我肩上的手似乎失去了停留的理由。「有些地方我想自己去。」

「陳宥菱。」他彎下腰，又伸出手輕輕彈了我的額頭。「妳想去哪裡，想要一個人或者兩個人，都是只有妳能決定的事，所以，不要低著頭對我說話。」

緩慢地我抬起頭，迎上他黑亮眼眸的那一瞬，就聽見他說——

「如果妳不小心迷路的話，我會去找妳。」

※　※　※

我和紀旻緯在地鐵站分道揚鑣，他甚至先一步搭上車，爽颯地朝我揮手，依然沒有任何道別的話語，卻說了「走到半路發現不想一個人的話就打電話給我」。

我會去找妳。

沒被說出口的話卻依然清楚地遞送到我掌心之中，但車門在我回應之前便果斷關起，我猜想，紀旻緯大抵就沒想過要些什麼答覆。

大概從許久之前的那一天起，我們就不自覺地迴避拋出問句，沒人知道那接續的回答是不是能被承受得起。

收回飄散的思緒，我搭上往另一個方向的地鐵，翻出夾在筆記本裡的明信片，來自J的最後一幀風景，我想好好地踏上這一段路途，仔細記憶下明信片沒能捎來的氣味顏色與聲音。

一道提醒音響起，是紀旻緯傳來的訊息。

「怕妳擔心我，每到一個點我都會報個平安。」

隨著訊息一起傳來的是一張穿著公主裙的吉娃娃，我沒忍住笑，也順手拍了車廂裡有趣的廣告回傳，差點錯過該下車的站。

每次只要牽涉到紀旻緯，事情就容易偏離原先的軌道。

走出赤羽橋站，紅色鐵塔在一碧如洗的天空映現下顯得格外鮮豔，暖暖的陽光灑落，五月的空氣浸潤著些許濕氣，我深吸了一口氣，也許人只要遠離了習慣的日常，縱使是相似的一切也會反射出奇異的光。

目的地近在咫尺，我急迫的心情卻緩緩沉澱下來，也許是已經離得那樣近了，又或者正是由於離得那樣近，反而冒出了一種不想太快抵達的心情。

真矛盾。

總之我還是決定先到附近晃悠，不需要地圖，憑直覺決定方向，隨意走進幾間小店，無論如何，只要稍微抬起頭，便能清楚地看見矗立的紅色鐵塔，誰也不必害怕迷路。

這會不會是J想傳達給M的弦外之音？

站在路口我發了很久的呆，我們永遠不能完全斷定另一個人的心思，或者心意，突如其來地我的腦海中浮現紀旻緯的笑臉，鬼使神差地拍了一張鐵塔照片傳給他。

相隔不到一分鐘，他送給我一張八公的超近特寫。

「明明就怕狗，又一直往有狗的地方湊……」

路口燈號再次變換，我邁開腳步繼續散步，清風微微，散落的碎髮不聽話地飄動，我試了好幾次都沒能收攏頭髮，卻在重新紮起馬尾的動作中，意外瞥見一間質樸的小店。

「是那張明信片……」

我鬆開手，來不及紮起的長髮又披散在我肩後，隨著風恣意飛揚，我有些心急地走向小店，果然在門邊的展示架上，販售著J寄來的明信片。

J是來自遠方虛線一般的存在，偶爾我甚至會恍惚地懷疑對方是悠長夢境逸散的虛妄，直到這一刻，所有的一切終於凝結成實體。

「這是我自己設計的，別的地方買不到喔。」

店的主人是一個可愛的女孩，她熱情地向我介紹明信片上的鐵塔是從哪個角度畫的，她搭配的顏色和季節都有不同的意義。

我指向在意的那張明信片，「那這張呢？」

「妳往右邊站一點，再看一次鐵塔，我就是坐在店門口畫的，剛好是現在的季節，五月，櫻花剛結束的日子，有一點難過，但沒有櫻花的天空還是很藍。所以我想告訴買這張明信片的客人，燦爛的季節結束之後一樣有很美的風景，我們只要耐心等待，下一個花季很快就來了。」

五月。

花季剛過。

卻沒人知曉自己是否能等來下一場盛開。

最終我選了其他系列的明信片，沒有季節，也沒有特別的指涉，單純是店主喜歡的微小事物。

這樣就很好。

「妳要不要留個言？」

「留言？」

她示意我看向店內的藍色牆面，上面貼滿各種紙條、照片和便條紙，各式各樣的人留下屬於自己的訊息。

我專心地瀏覽，或許曾經來過這裡的J也留過什麼訊息，視線穿梭在一張張留言之中，店主悄悄地退開，留給我一個安靜的空間。

「……J？」

熟悉的筆跡躍入視野，我這才發現我遠比自己所以為的更加深刻地記憶下每一張明信片，這幾年之間，在我最迷茫疼痛的日子裡，捎來遠方的風，彷彿也稍微吹散了我周旁的濃霧。

——希望妳能感受這裡的風。

我的指尖頓在這行字跡上，收回手我往後退了一步，喊住了正在整理商品的店主。

「妳記得這個人嗎？他買了五月的東京鐵塔明信片。」

「我記得喔。」店主毫不費力地便喚醒了記憶，「他跟妳一樣，很認真聽我介紹，五月的畫他問得特別仔細。」

店主柔軟甜美的嗓音帶著蜂蜜般的美好滋味，卻也藏匿著蜂群的威脅，也許有一種可能，被揚起的風其實是因為蜜蜂們正大力地搧動翅膀。

「他告訴我，在花季之後我們總是低頭看向地上凋零的花瓣，卻忘了只要抬頭就有一片漂亮的藍天，現在他想起來這一點了，他也會想辦法讓一個重要的人記起來這件事。」她開心地問我，「他是妳的朋友嗎？」

※　※　※

我沒有回答店主。

簡直像落荒而逃一般匆匆離開那間小店，並且加快腳步朝紅色鐵塔所在的地方走去，也許那裡是所謂的起點，又或者是能結束一切的終點。

「……感受到風之後呢？」

「……真的能去到想去的地方嗎？」

又是一陣短促的訊息提示聲。

這次紀旻緯拍下了整齊排列在烤架上的圓潤糰子，我的目光輕垂，逕直將手機扔回提袋，拾起停頓的腳步，一步步走向那鮮豔的紅色之中。

出發前謝宜萱把她預購的門票送給我，東京鐵塔大概是每個第一次來到東京的旅客一致的浪漫，她安排了浪漫的夜間觀景，懷抱著一點私心，也許異國的浪漫會讓男人那趨於平淡的愛再度沸騰，跪地問她是否要一起邁向新的關係。

沒想到，男人的愛始終是沸騰的，也早已按部就班地邁向下一階段，站在他身邊的卻不是她。

直到我登機之前和謝宜萱的最後一次通話，她依然沒有哭泣。

「從撕破臉後的每一天我都很難過，有好幾次都覺得自己是不是會走到半途突然爆炸，但就算是這種程度，也還是哭不出來。明明很痛苦，卻沒有想哭的意思。」

「大概是還不到時候。」我緩慢地對她說，「人的淚水需要一個契機，有些時候我們就像生鏽的水龍頭，並不是沒有水源，單純是現在的自己扭不開水龍頭。」

「妳也有過這樣的時候嗎？」

「每個人都會有這樣的時候吧。」

謝宜萱或許是將我的話聽進去了，她似乎平靜很多，至少表面上不再去追究自己為什麼哭不出來，卻在通話的最後叮囑我，在東京的日子不要聯繫她，回國後也不要帶給她任何一絲關於東京的氣味。

人的迴避總是會帶來無法掌握的後果，例如此刻，我向工作人員又確認了一次，再次獲得對方肯定的笑容。

「這是外部樓梯的門票喔。」

「……樓梯？」

她給我一份簡介，通往觀景台的600階樓梯被作為賣點，我忍不住笑了出來，以謝宜萱的體力，沿途大概都需要另一個人扶著她往上登階，這確實是她定義上的浪漫。

「當作一次特別的體驗吧。」

我坦然地踏進外部樓梯的入口，預料之中卻又意料之外的風景映入眼簾，比起遠觀，近距離凝視鮮紅碩大的骨架有一種奇幻的氛圍，在鋼骨之間是城市繁榮的建築，那些看似淡漠的建築裡包覆著各式各樣的生活，而我眼前看似冰冷而僵硬的鋼鐵，從遙遠他方望來，卻是一份堅定的溫暖。

為什麼會這樣呢？

也許不過都只是錯覺而已。

約莫爬上第200階，颳起了一道有些強勁的風，我靠在樓梯扶手平復呼吸，忍不住抬頭仰望頂上錯綜複雜的紅色交錯。

我拍了一張照片傳給紀旻緯。

終究沒忍住，寫下一句——風來了卻總是會遠去。

「我到底在做什麼……」

突然有些意興闌珊，儘管連一半的高度都沒有完成，我依舊乾脆地轉身下樓，不再去想更遠方的風景。

我坐在廣場的石階，仰頭望著天空發呆，紅色鋼骨將湛藍色切割成不規則的框，而在那些大大小小的框框之中，偶爾會飄進不斷變幻的雲，像大型的裝置藝術，展演著我們無法留下的畫面。

——畢業之後我們去日本看櫻花，在櫻花開得最盛大的那個日子，一起跟東京鐵塔合照。

可惜我們抵達的五月，卻是櫻花凋零之後的季節。

「……他告訴我，在花季之後我們總是低頭看向地上凋零的花瓣，卻忘了只要抬頭就有一片漂亮的藍天，現在他想起來這一點了，他也會想辦法讓一個重要的人記起來這件事。」

店主柔軟的聲音從我腦海中浮現，我開始思索著，關於J，關於五月，以及關於藍天。

不知道過了多久，時間隨著飄動的雲不斷流逝，忽然，紀旻緯的臉擋住了所有畫面，彷彿誰按下了定格鍵，有很長一段時間我和他就維持一動也不動的姿態安靜地對望。

「我買了泡芙。」

「你擋到鐵塔了。」

他沒有挪開，反而扯住我的雙手，迫使我站起身。

下一刻，兩個人陷入過於貼近的距離，腳尖對著腳尖，彷彿構成一個閉鎖的圓。

「陪我再爬一次樓梯。」他的笑容裡透著不容拒絕的霸道，「我票買好了。」

「紀旻緯！」

「妳沒有走完600階吧，大概妳會說有沒有走完都一樣，說不定真的是，但那樣的話也要在妳爬上第600階之後再說。」

「我不想知道答案。」

「我想。」紀旻緯轉身望向我，目光堅定而灼燙。「既然樓梯就在前面，我手裡也已經買了票，如果不去就太可惜了。」

※　※　※

紀旻緯和我終究沒有爬完東京鐵塔的樓梯312階。

在最尷尬也最進退兩難的中間點，我一個不慎，右腳猛然踩空，他反應極快地立刻拉住我失衡的身體，卻挽救不了我的右腳踝。

「妳飯多吃點，兩個泡芙都給妳吧。」

「不需要。」

趴在紀旻緯的背上，看似對運動完全不感興趣的他，體力卻格外地好，大概是由於練習書法的同時，他的外婆也要求他每天長跑，訓練他的耐力與意志力。

於是他面不改色地揹我走312階，又毫不在意路人眼光揹著我踏上回程的路途。

天色漸漸暗了。

「這樣也不錯，我就有理由再找妳一起來一次了。」

「……為什麼？」

「其實我有點想要爬完 600 階的證書。」

他知道我問的並不是階梯，而是為什麼要是我，可他輕巧自然地將回應帶往另一個方向。

越是迴避，卻令人無法忽視眼前那個、有如膨脹到瀕臨破裂的圓球，正擺在我和他的肚腹之間。

「我的腳好多了，放我下來，我不想用這種姿勢進地鐵站。」

紀旻緯動作輕緩而仔細地蹲低身體讓我落地，他扶著我並且盯著我反覆扭動的腳踝，確認了幾次我確實不是逞強。

「我能照顧好自己。」我用著堅定的語氣，「我能好好地照顧自己，你應該把心力花在另外一個更需要也更值得你保護的人。」

「小熊可以給我一隻嗎？我有點想要。」

「紀旻緯，你有沒有聽見我在說什麼？」

「每一個字都聽得清清楚楚。」他揚起的微笑裡透著明明白白的不在意，「但那又怎麼樣呢？無論妳願不願意給我，我都想要一隻小熊。」

我有點生氣。

不知道為什麼就是生氣。

我翻找出背包裡的小熊吊飾，把兩隻小熊吊飾都塞進他的手裡。

短暫的凝滯之後，我下意識屏住呼吸，抽出筆記本裡那張來自東京的、最後一張明信片也一併塞給他。

我沒有錯過紀旻緯一貫不動搖的神情閃過一瞬的詫異，卻很快消逝，取而代之的是另一種下定決心的堅定。

「都給你。」

「妳知道了？」

「我什麼都不知道。」

「陳宥菱——」

「我不想聽。」

「我不想繼續這樣下去。」

「我說了不想聽。」

掐不斷紀旻緯想戳破圓球的意圖，我索性邁開雙腳，踩著隱約的刺痛大步往前走。

人不都是這樣的嗎？有一天忽然就那樣受了傷，於是往後的每一次邁步都會帶來陣陣鑽骨的疼痛，所以我們開始害怕前進，漸漸地落後了整個世界，成為那一個被留下來的人。

我和紀旻緯都是。

但現在，他想往前走了。

我的內心深處忽然像誰把曼陀珠扔進碳酸飲料一樣，冒出劇烈而大量的泡泡，不合時宜的，我害怕只剩下自己被落下。

卻更加害怕假使我也跟著和他一起重新踏上時間，那個記憶之中的少年會不會慢慢被風沙淹沒？

紀旻緯拉住我。

在我掙扎之前他熱燙的擁抱從身後包覆我。

「陳宥菱，已經五年了，該往前走了，我們都一樣。」

他的語氣不再如平時一般雲淡風輕，暈染著濃厚的壓抑，尾音沾著無法控制的顫抖，像必須擠壓出體內的所有力氣，才有辦法將厚重的每一個字遞送到我的面前。

紀旻緯的呼吸落在我耳畔，經過漫長的醞釀，我幾乎能夠清晰地感受他此刻全身肌肉是如何緊繃，最後他終於拋出一根針，狠狠刺破我們一切的假裝。

他說。

「這不會是他想要的結果。」

「夠了。」

「我們還能假裝多久？假裝自己不難過，假裝自己不在意，假裝自己不需要另一個人的愛，還是有一天——」

啵——

也許是圓球被刺破的聲音，又也許是誰扭開了生鏽的水龍頭，一份巨大的哀傷隨著那一聲短促的單音，迸發在我和他之間。

他的聲音越來越顫抖，我想阻止他，卻發不出聲音。

「還是有一天，我們開始假裝他不存在……不、現在的我們就是這樣，不敢提起他，不敢去想他，也不敢去實現每一件他曾經想做的事，就連好不容易鼓起勇氣來到他說過想來的東京，卻也只敢等在櫻花都謝了之後——」

——畢業之後我們去日本看櫻花，在櫻花開得最盛大的那個日子，一起跟東京鐵塔合照。

少年沒等來櫻花的盛開，甚至沒等來畢業，他的時間停在21歲生日那一天。

不僅僅是他，我想，我跟紀旻緯有一部分的自己也停在那一天。

我們都活在櫻花凋零之後的季節。

紀旻緯撕開了我最不敢面對的事實，因為太過疼痛，我再也不敢提起那個少年，甚至連思念都必須小心翼翼，但時間總是悄悄從我們身上走過，我害怕想起少年，卻也開始害怕起不再想起少年。

從來我就不是一個勇敢的人。

緊緊捏著掌心，費盡力氣擠出的聲音卻脆弱得有如摔碎的玻璃瓶。「……我想回去了。」

他卻回了我另一個答案。

「陳宥菱，可是，我們都已經回不去了。」

雨忽然落了下來。

起初是一滴、兩滴彷彿試探一般地墜落，下一刻便如同哪個人打翻了水杯，大量雨水從失去日光的天空傾倒而下，狠狠地撲打在我和紀旻緯身上。

有那麼一瞬間，我幾乎分不清自己身處何地。

我記起那場更加滂沱的雨，一樣在遙遠的異國，一樣孤立無援，也一樣只有我們。

而少年破碎一般躺在我們面前。

「……不要。」

不要再下了。

被覆蓋在過大的雨聲之中，誰也聽不清我們絕望的哀號，誰也聽不見我們卑微的求救。

我以為自己的淚水在五年前那一場雨之中已經流光，但也許我錯了，在悲傷終止之前，淚水從來不會止住，不過是積聚在一個人的身體之中，讓我們漸漸地陷入一片汪洋，最後，每一道呼吸都彷彿溺水一般，我們終將成為一隻無望的鯨魚。

「陳宥菱，我們不能再困在過去了。」紀旻緯的聲音在雨中顯得悶滯而遙遠，但屬於他存在的震動卻在彼此貼靠的肌膚上異常強烈地傳遞過來。「我們，一起往前走好不好……」

紀旻緯緊緊抱著我，彷彿只要這樣便能掩飾他同樣無助的懇求，分不清是他的顫抖或者是我的顫抖，從那場雨延續到這一場雨。

痛苦的我閉上雙眼，少年青澀的面容浮現在幽微的浮光之中，我彷彿聽見他有些壓抑的聲音。

——陳宥菱，妳不要喜歡紀旻緯好不好？

※ ※ ※

暴雨持續了整整一夜。

深夜我的身體開始發燙，半夢半醒的意識被捲入更加迷離的漩渦之中，關於現在，關於過去，分不清是記憶或者夢境，我斷斷續續地看見過去的畫面。

我想起那個少年J。

是啊，我怎麼就沒想起來，少年的代號也是J。

在我們沉迷於各類加密訊息的日子裡，他成為燦爛又熾熱的七月的化身，紀旻緯是沉靜的九月，而我是溫暖多雨的五月。

May。

原來明信片的收件者一直都是我。

卻又不是我。

那一整年，我們四處尋找有趣的假日工讀，認真地存著旅費，只為了在炎熱的七月飛往曼谷替J慶祝21歲生日。

五月的京都，七月的曼谷，九月的羅馬，畢業之後的櫻花季，我們約好每一年都實現一個夢想，每一個人的夢想都成為彼此的夢想。

——畢竟人生還這麼長，只實現自己的夢想太浪費也太無聊了。

結果到最後，我們既沒有去成九月的羅馬，櫻花盛開的季節也成為難以企及的想望。

吹熄他21歲的生日蠟燭那一個晚上，J支開了紀旻緯，我們吃著充滿人工香料的奶油蛋糕，口腔甜得發膩。

「妳相信生日願望會實現嗎？」

「不相信，畢竟我每年都留一個願望給樂透頭獎。」我朝J扮了一個鬼臉，聳了聳肩。「但不是有你跟紀旻緯嗎？一個人實現不了夢想，三個人一起實現的可能總是比較大吧。」

「妳知道我剛剛吹蠟燭的時候許了什麼願望嗎？」

「說出來就不會實現了喔。」

「妳剛剛不是才說不相信嗎？」

「多少保留一個機會嘛。」

「說真的，我也搞不清楚自己到底希不希望願望實現。」

「該不會是你打算出國留學的事吧？」我戲謔地用肩膀撞了J，「怎樣，捨不得我和紀旻緯嗎？」

「嗯，捨不得，所以希望我們三個人可以永遠都像這樣，永遠都不要變。」

「放心，不管你去美國還是非洲，三年還是五年，不會變的事情就是不會變。」

J忽然轉頭，眼眸中透著一絲哀傷，他緊抿的唇晃漾著掙扎，我猜想，他幾乎都要把苦澀的話語吞嚥而下。

但紀旻緯打來了一通電話，給我。

「欸，紀旻緯問要不要吃芒果冰淇淋？」

「不要。」

我順勢回應電話另一端，「他說不要，我吃你的就好。」

「那我加三份煉乳，胖死妳。」

「要是我胖到走不動，也是你要揹我去看醫生。」

我和紀旻緯無聊地一來一往，陌生的語言隱約地傳來，我似乎聽到芒果、不要太甜，卻沒注意到身旁的J默默地垂下眼，深深吸了一口氣，放大了音量——

「陳宥菱，妳不要喜歡紀旻緯好不好？」

壓抑又喧囂。

無論是通話的這一邊，或者另一端，我甚至分不清J的這句話，究竟是說給我聽的，又或者是想扔給另一邊的紀旻緯。

「這是我剛剛許的生日願望，妳說，會實現嗎？」

沒人能回答這個問題。

我只知道，那一瞬間有些什麼裂開了巨大的縫隙。

J希望我們三個人之間永遠都不要改變，但是，這一份企盼在那一刻便已經注定無法實現。

「我去外面走一走。」

J起身逃離一般快步走出我的視線，呆愣地望著他逐漸縮小淡去的背影，不知道該怎麼反應，也不確定該如何理解眼前的狀況。

「紀旻緯，你知道他是什麼意思嗎？」

「妳不要多想，晚一點我會跟他聊一聊，沒事的。」

紀旻緯一直說我很遲鈍，也許是真的，後來我才知曉，原來早已有一份洶湧的情感漫延在我身旁。

「我等一下就帶芒果冰回去。」他又對我說了一次，「沒事的。」

※　※　※

後來我們一直等不到J。

天氣有如青春的少年一般多變，沒多久便下起了滂沱的陣雨，不久前還燦爛炙熱的日光，轉眼就被厚重陰暗的烏雲吞噬，令人特別不安。

「J沒有帶傘。」

「我去找他，應該就在附近。」

「一起去。」我拉住紀旻緯的手，「雖然是這種時候，正因為是這種時候，更應該一起去找他。」

沒有什麼是我們三個人在一起解決不了的問題。

當時的我無比地堅信這一點，又或者到了今天我依然這樣堅信，於是少了一個人之後，整個世界的一切都顯得格外困難。

紀旻緯點了點頭，他習慣性地拉住我的手腕，我卻不自覺地抽回手。

「我……」

「走吧，雨很大，妳小心不要跌倒。」

我們艱難地撐著雨傘，在視線不明的路上搜尋熟悉的身影，大聲呼喊著J的名字，當初為了安靜和節省旅費而選了位置偏僻的飯店，這一刻我卻發現，在熱鬧城市的邊陲，竟透著滿溢的荒涼。

不安的情緒瀰漫在我的胸口，紀旻緯停下腳步，這次他有些霸道地牽住我的手，彷彿下定了什麼決心，又彷彿只是因為天雨路滑。

又走了一段漫長的路，天色似乎更暗了一點，我們依舊沒有得到J的回應，不斷撥打的電話也總是無人接聽，未接通話數量越來越多，後來的我不知為何深深地記住了27這個數字。

大概是我低頭準備再撥打下一通電話的時候，紀旻緯喊了J的名字。

下一刻他的傘落在充滿碎石的路上，他失控一般衝進雨中，混亂而尖銳的呼喊聲在猛烈的雨勢中變得模糊又遙遠。

我只能愣在原地。

我試圖理解眼前的畫面，巨大的恐懼從握著傘的右手指尖作為起點，逐漸爬滿整個身體，我的傘終究也逃不過摔落的命運，也許有些命運我們都是逃不過的。

我踉蹌地走到J身邊，不久前還無比鮮明的少年，此刻只剩下一張灰白的臉龐。

我們開始呼救，卻誰也沒能聽到。

或許一直到了今天，依然沒人能聽見我們的呼救。

我們甚至掌握不了J離去的始末，沒有監視錄影器，沒有目擊證人，連警方都以輕佻而隨意的態度宣告結案。

大雨天的車禍意外。再尋常不過的一件事，我聽見一個年輕的警察這麼說，失控地想撲上前問他什麼叫做尋常，又怎麼能簡簡單單便將一個少年的生命扔棄在卷宗之中？

他不應該被這樣對待。

不應該的……

紀旻緯用力抱住我，阻止我的失控，也控制著他自己的崩潰。

「我們還要帶他回家。」

他用僅剩的理智和力氣不斷在我耳邊重複，不能停在這裡，我們還有必須抵達的地方。

三個人的旅行，回程的機票卻多了一張，我蜷縮在狹小的機艙座椅裡，以為自己會哭，卻擠不出任何一滴淚水。

後來我們幫著J的爸媽舉辦了告別式，依然是個下雨的日子，明明是燦爛的七月，留在我們記憶裡的卻是一場又一場的大雨。

「我申請了美國的學校。」

「嗯，記得好好吃飯。」

「妳不要熬夜，也不要挑食。」

紀旻緯和我最後的對話沒有任何深刻的內容，我們甚至沒有談論幾個月前還堅定宣稱「在臺灣念書根本不會比留學差」的他，為什麼在短短的日子裡，成為一個要前往遠方漂泊的留學生。

那是J實現不了的夢想。

「紀旻緯。」

「嗯？」

「不要勉強自己。」

紀旻緯只是揚起一抹淺淡的微笑，沒有回應我的話語，安靜地轉身。

凝望著他的背影，我卻想起J的那個生日願望。

——陳宥菱，妳不要喜歡紀旻緯好不好？

※　※　※

「妳知道不及時降溫，腦袋會被燒壞的嗎？」

「已經壞掉了，我聽不懂你在說什麼。」

「看來妳就算練了拳擊，也沒辦法變成一隻真正的暴力袋鼠。」他遞給我一杯溫熱的牛奶，盯著我一小口一小口喝下。「剩下的行程就別想了，沒有恢復之前我不會讓妳離開這個房間。」

「明明就一起淋的雨……」

「是一起淋的雨，但我還是比較強壯一點，所以妳沒辦法靠自己走的時候，就讓我拉著妳走。」

我討厭紀旻緯總是意有所指。

比熱牛奶還討厭。

「妳怎麼發現的？」

「發現什麼？」

「明信片。」他收走我喝完的馬克杯，指尖不經意刷過我的手背，有一種微小卻難以忽略的癢感悄悄泛開。「妳不是把明信片丟給我嗎？」

「我才沒有用丟的。」

「是我用字不夠精確，原諒我。」

瞪了他一眼，跟一個情緒異常穩定的人相處，我絕對佔不了上風；我有些不開心地抿緊雙唇，多少帶著不甘心。

紀旻緯幾乎沒有過多的掩飾，大剌剌地用著J的代號寄給M，仔細想想，我也只會在每年的五月、七月和九月才收到明信片。

遠方風景的起始是三年前的五月，而終末同樣是五月。

都是我。

對於熱衷解謎與破解代碼的我們來說，那簡直只是腦袋稍微轉一圈就能得出的推論，也不會非得等到他親自現身，又刻意在賣明信片的小店留下明顯到近乎放水的提示。

店主很肯定地表示J就是照片裡的紀旻緯。

「他跟我聊了很久，不過印象最深刻的還是他圍了一條紅色圍巾，在五月的天氣裡，實在是有點特別。」

大概是不很信任我的智商，他設置了第二重的提示，他的留言便條紙貼了兩層，底下那張是寫錯一個字的留言，分明能夠塗改錯字或者乾脆扔掉換新，卻花了額外的心力貼了一張新的紙條來覆蓋錯字。

從以前紀旻緯就無法忍受錯字，他寧可整頁筆記重寫也沒辦法接受塗改的痕跡，這大概是他溫和性格裡最大的 bug；有很長一段時間裡，我跟J最大的惡趣味就是在傳給紀旻緯的紙條裡寫下各種錯字，逼得他直接向我們宣戰，拎著我們到他外婆的書法教室，度過一個殘酷而血腥的夏天。

「留言的紙條、店主NPC，還有最後一張明信片。」我無奈地嘆了口氣，破綻實在太多，越加凸顯我的愚蠢。「郵票大概是二次利用的，日期也看不清楚，八成是直接被扔進我信箱的。」

他興味盎然地注視著我，「還有其他的嗎？」

「沒有。有也不想說了。」

「那我說吧。」

紀旻緯在床邊坐下，柔軟的床微微陷落，帶給我的左側一股拉力，彷彿不得不朝向他的方向傾斜一樣。

但我沒有調整位置，佯裝沒有察覺，也不去改變現狀。

也許，懦弱的我始終在等著一個信號，讓我足以相信已經到了能夠繼續前進的時刻。

「從出發去美國那一天起，我想，我可能就進入一種漂泊的模式，儘管已經到了另一個國家，卻還是會在每一個假日到各式各樣的陌生城市，輾轉在每一條我所不熟識的街道，試著用大量的風景來覆蓋那一段記憶，覆蓋掉，在曼谷郊區那一條彷彿永遠都看不到盡頭的小路。」

那是沒有用的。

我們都明白。

例如他的輾轉漂泊，又或者我再也踏不出自己的城市，但打從一開始，有一部分的我和他早已困在那份記憶裡面。

「不管走到哪裡，我都會想起J，想起妳，想起那段我們最好的日子。」他輕輕嘆息，「或許已經夠久了，也說不定只是我累了，像我這樣越走越遠，換取的結果也只是越來越多的失去，因為我真正想要的，都不在我去的那些地方……我不想用更多的失去來填補內心的悲傷，我不想放任自己掉進更深的黑洞，所以我告訴自己，來看妳一眼吧，至少想確認妳過得好好的……」

紀旻緯忽然笑了。

側過身望向我，隔著一段距離卻透著過分親暱的流動。

「但人這種存在啊，只要看了一眼，就不想再挪開視線了。」

「看久了也不會變成你的。」

「那又怎麼樣，我就是沒辦法移開視線。」他勾起溫柔的微笑，說的話卻非常無賴。「妳一開始也說不給我熊，後來兩隻都送我了。」

「不要偷換概念！」

「陳宥菱，如果妳說想要，我立刻會把小熊送給妳。」他很快加了但書，「不過只給妳一隻。」

「紀旻緯。」

「嗯？妳想要黑色還是白色的？」

我扯著薄被，進行幾個綿長的呼吸，紀旻緯沒有任何催促，彷彿不管我和他有沒有進行對話，都能安心地依靠著彼此。

沒事的。

如同他當初一次又一次安慰我的話語。

「他為什麼……」我的喉嚨異常乾渴，必須費力地才能發出聲音。「他為什麼要我不要喜歡你？」

紀旻緯深深看了我一眼。

有些無奈地笑出來，彎曲食指小力彈了我的額頭。

「鯛魚燒的心理測驗真的很準。」

「什麼意……」

第一口咬下鯛魚燒尾巴的人，情感上特別遲鈍。

我隔了幾秒才反應過來，想辯解卻又無話可說，只能遷怒一般把他湊近的腦袋撥開。

「到底要不要講啦？」

「就字面上的意思吧，畢竟跟我相處久了，很少有人不喜歡我。」

「你會不會太自我感覺良好了——」

「包括J。」

我的聲音猛然哽住，錯愕地瞪大雙眼，紀旻緯自顧自地拆開甜膩的牛奶糖包裝，把一顆濃郁的牛奶糖塞進我嘴巴裡。

太甜了。

「給我水！」

毫不客氣地灌了三大口，我斷線的思緒終於重新接起，關於紀旻緯方才的回答，其實有跡可尋，不過是因為我們三個人太過親暱，親暱到讓人難以察覺感情的變質。

「那、你呢？」我搖了搖頭，「不想說也沒關係。」

「陳宥菱。」

他突然爬上床，欺身逼近我，我不怕他做出逾矩的舉動，但缺乏戒心的姿態似乎讓他意外不滿。

紀旻緯捏了捏我的臉頰。

「果然是陳宥菱啊……」

「什麼意思啦？」

在我最後一個字落地之前，先落下的卻是他溫熱柔軟的吻。

落在我的額際，幾乎是一種虔誠的姿態。

「不管是五年前還是五年後，都只有妳一直在狀況外。」

※　※　※

我並沒有他說的那麼遲鈍。

那時候的我確實能察覺自己和紀旻緯之間的感情正隱微地變化，像需要時間發酵的醃製梅子，加入適量的梅子和糖水之後，順其自然就會成為美味的梅子；然而在不該開蓋的時間點，玻璃瓶卻產生了裂痕，跑進了不該存在的微生物，彷彿注定了不會有更好的結果。

也只能扔棄了。

沒想到，五年後的他卻捧著另一瓶密封的醃製梅子，準備扭開瓶蓋確認梅子的味道。

「還妳，本來就是寄給妳的。」他把明信片交給我，「順便提醒妳，這幾年一直寄明信片的J是我，快遞生日禮物的紀旻緯也是我，打電話催妳弟每隔兩個月就去找妳吃一次飯的人也是我。」

「……買遊戲給他的人是你！我媽因為這件事唸了我整整半年！」

「快到我們了，快點往前移動。」

紀旻緯逮到機會就會牽住我的手，一開始我會試著甩開，畢竟他話都說到那種程度，已經不是暗示或曖昧的問題，而是乾乾脆脆地把自己的心思攤開平放。

在想清楚之前不應該留下想像空間，然而我的堅持對他絲毫不起作用，又或者，我其實也默認了兩個人這極為靠近的距離。

「阿姨說他也想要一盒起司餅乾。」

「我媽？」我忍不住拉高音量，惹來路人注視之後鴕鳥般地低下頭，紀旻緯一邊笑著一邊替我擋去目光。「我沒跟我媽說我出國，你是不是想害死我……」

「她知道妳跟我一起來，她說妳好久沒出去玩了，讓我好好照顧妳。」

「你不必做這些的……」

「因為我不夠堅強，沒辦法好好待在妳的身邊——」話說到一半他又打住，他從來都是這樣，不會將付出作為一種交換。「外婆不能吃甜食，晚一點妳陪我去挑一條手帕，知道是妳挑的，她就不會嫌棄我的眼光了。」

「嗯。」

旅程最後一天，我和紀旻緯依舊沒逃過代購與買伴手禮的詛咒，在熱鬧的街道與店家裡跑來跑去，只為了把清單上的品項一個一個劃上刪除線。

簡直比爬東京鐵塔的樓梯還要累。

「有個禮物要給妳。」

「什麼？」

紀旻緯從口袋拿出那隻我再熟悉不過的小熊吊飾，直接把吊飾掛在我的背包上，最後還拎起他的手機。「我的熊在這裡。」

「拿贈品送我不會太敷衍嗎？」

「想要更有誠意的禮物嗎？」

「不想。」

立刻打斷他的話，我不想陷入他得寸進尺的話題裡頭，索性再次跨出步伐，用行動結束話題。

不再提及小熊吊飾，卻放任白色的小熊在我的背包上晃晃悠悠。

「再五個小時就要搭飛機回臺灣了，旅行的時間總是過得特別快。」他又過分自然地牽住我的手，「欸，下次去羅馬好不好，就我的夢想沒有被完成。」

五月的京都，開始三個人的夢想。

七月的曼谷，瓦解了三個人的夢想。

那麼，九月的羅馬，是不是能重新延續三個人的夢想？

「J的單眼相機在我那裡，用那台相機一定能拍出很棒的羅馬競技場吧。」

我斂下眼，踢動腳邊的小石頭。

彷彿有些什麼隨著被踢開的小碎石跟著遠去，體內過飽和的水氣在東京的日光照耀之下，似乎稍微蒸發了一點。

「現在開始存錢的話，應該能買得起廉航的機票吧。」

「帶小熊一起去嗎？」

「你是沒畢業的大學女生嗎？」

「那也滿好的，畢竟，大學的那幾年，有我最喜歡的人，也有我最喜歡的日子。」

我也是。

對J來說，三個人在一起的時光，會不會也是他最好的日子呢？

「紀旻緯，找一個天氣好的日子，去J在的地方吧。」

「我也替他買了禮物。」

他從包包裡拿出一個仔細包裝的束口袋，裡面裝的同樣是一隻小熊，款式有些許不同，但三隻小熊擺在一起完全沒有違和感。

我的眼眶泛起水光，有一瞬間，我無比心疼起紀旻緯。

J離開了。

而我困在狹小而安全的繭裡。

只有他一個人，不斷奔波、漂泊、輾轉，卻依然努力周全著過往的記憶，又守護著我脆弱的感情，這些日子他顧及了所有人，卻唯獨在勉強自己。

「紀旻緯。」

「怎麼了？」

頓住腳步，我忽然轉身抱住他。

輕輕拍著他的背。

「不要誤會，我只是忽然想起來，你值得一個擁抱。」

※　※　※

旅程終究會結束。

我和紀旻緯搭上返程的飛機，短短的一星期，生活並沒有任何改變，整個世界卻彷彿截然不同。

起飛的瞬間，長久盤踞在我心底的不安依舊悄悄冒頭，紀旻緯又握住我的手，望著兩個人交疊的手，我卻忍不住問他。

「你不怕嗎？」

「多少有一點，但我現在有旅伴了，想到自己不是一個人就感到安心。」

「不要情緒勒索。」

「我以為妳聽不出來。」

不想搭理他，乾脆地閉眼休息，但身旁的男人卻不安分，調整姿勢靠往我的肩膀，溫熱的呼吸若有似無地撫過我的頰邊。

彼此的姿態曖昧得彷彿他只要一個扭頭，就能毫無阻礙地吻上我，意識到這一點之後我有些倉皇，將爬升的飛機、紊亂的氣流或者其他令人不安的一切都拋諸腦後，眼前最大的危機——是紀旻緯。

「陳宥菱，妳在緊張什麼？」

「沒有。」

「妳的手在發燙，臉頰也在發燙。」他挪動上半身，將額頭貼上我的額頭。

「沒有發燒。」

我被逼得重新睜開眼，伸手將他推開。「離我遠一點，很擠。」

「但是我害怕。」

兩個人大眼瞪小眼，明知道他在說謊，也絲毫沒有偽裝害怕的意思，只因為他一句害怕，縱使僅有百分之一的可能性，我都無法承受。

「隨便你。」

「聽妳的，那我就隨便了。」

紀旻緯以迅雷不及掩耳的速度在我臉頰印上一個淺淺的吻，我不可置信地望向他，但我的目光沒有任何嚇阻作用，這次他居然又傾身向前，柔軟的唇貼靠上我的唇，恣意沾染他的氣味。

「陳宥菱，五年前J許了一個生日願望，現在我也想對妳許一個願——妳可不可以喜歡我？」

他的額頭輕輕碰著我的額頭，我聽見他低聲喃語。

「我知道很不公平，但他許了一個願望，妳給了他五年的時光，可是我不只有今年、明年或者後年，甚至整個餘生的生日願望。」

生命總是不公平的。

他用餘生的每一個願望擺上天平，只為了和J的一個願望相抵，但其實不需要這樣的。

紀旻緯並沒有那麼微不足道，相反地，我內心的天平在很久很久以前，在那個少年還笑得極為燦爛的季節裡，早就已經傾向他的方向了。

「一個願望就夠了。」我輕輕地說著，「他用了一個願望，所以，你也只需要用一個就好，你不需要用那麼多的願望來交換。」

「所以，妳相信生日願望會實現嗎？」

五年前的J也這樣問過我。

我拉開兩個人的距離，為了讓紀旻緯能看清我的雙眼，而那之中，有著他的倒映。

「我不知道，但如果是一個人實現不了的願望，兩個人一起努力應該更容易實現吧。」

飛往故鄉的班機平穩地在天空中飛翔，我們漫長的旅途終於能夠短暫地落地。

回到我們最想念的那個地方。

「陳宥菱，我的願望有點多呢。」

「不要太貪心。」

紀旻緯揚起爽颯而開心的笑容，輕輕震動著我的心尖。「嗯，我不貪心，因為我已經實現了最想實現的願望了。」

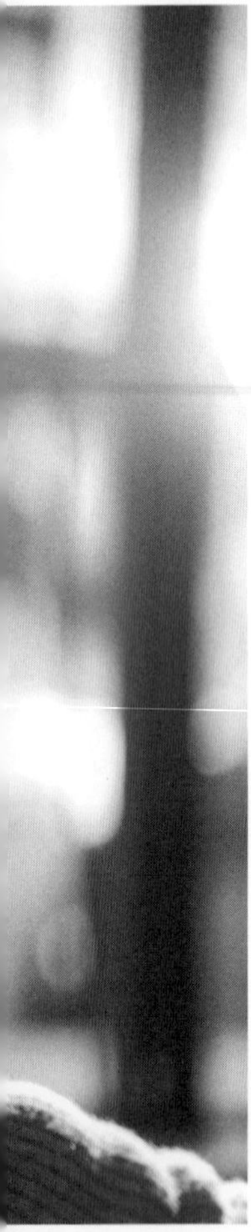

# 五天的戀愛

／ 苓菁

童雨馨拖著行李急急忙忙地往前追，她幾乎都要用跑的了，但仍是追不上前方的男人。

「陸希霖！不是那邊！」她不顧一切地拉開嗓門喊住他，以免他直接右拐出去。

男人停了下來，一臉不悅地瞪著地面，等待著她的到來。

「你走那麼快做什麼？我們還沒買票啊！」

男人不耐煩地深吸一口氣，彷彿在壓制怒火似的。「票為什麼不提早買好？」

「又不能確定入境的時間，提早買風險太大了！」她把行李放到他腳邊，「買票的地方在入境出口對面，都走過頭了！你在這邊等我，我去買！」

男友瞥了她一眼，敷衍地「嗯」了聲。

童雨馨也正在壓抑自己的怒火，擺什麼臉色啊！旅遊功課全部她做的，罷工又不是她願意的，從機場到米蘭市區更不只有一種交通方式，到底是在氣什麼？

她快步走向公車售票處，但壓著怒氣，步伐不自覺地踩得很重，重到像是要把機場的地板跺出個洞。

這是她跟男友的旅行……嚴格說起來是未婚夫了！他們交往於疫情那年，準備在三個月後結婚，但這四年來完全沒有一起出過國！原本把目標放在蜜月，不過正好兩人都換工作，空出這段時間，所以她決定先來趟旅行！

閨密姚姚也跟她提過，婚前最好一起出去旅行試試看，或許能更加了解對方，好決定適不適合過一生！

剛好他們一個喜歡法國、一個喜歡義大利，所以婚前先來她愛的義大利，蜜月再選他喜歡的法國！

抵達這天，剛好遇上倫巴底地區交通罷工，鐵路全面停駛，但機場聯外方式還挺多的，搭乘接駁巴士一樣可以抵達米蘭，但陸希霖一知道罷工就拉長了臉，彷彿她欠他幾百萬似的。

好不容易買到票，跑回原來的地方時，卻發現只剩下她的行李孤單地遺落在路中央，男友人呢？

「我的天哪！」她用跑百米的速度衝到自己的行李邊，萬分慶幸行李箱還在，但陸希霖為什麼扔著她的行李跑了？

她緊緊握著行李桿，開始找尋男友身影，結果在前方十公尺處，看見從廁所走出來的他！

「陸希霖！」她一見到他就忍不住破口大罵！

「幹什麼？」他居然也沒好口氣？

「你怎麼可以把我行李扔在那邊？萬一被偷了怎麼辦？」

「誰叫妳不帶走的？自己的行李自己顧啊，憑什麼妳一扔我就得幫妳顧？」陸希霖火氣居然比他還大，「我跟妳說，我已經很不爽了，出個國選罷工日，搞得交通亂七八糟，我們現在要怎麼到貝爾加莫都是問題！」

「我的錯嗎？我叫他們罷工的嗎？而且我跟你說過很多次了，到米蘭的車多得很！到米蘭後，要到貝爾加莫也不難！」

「妳一開始就不該選罷工這天的！」

「你這麼厲害，事前幹嘛不提醒我？為什麼你不訂機票？」功課都是她做的，連行李都是她盯著才能收好的傢伙，居然還敢指手畫腳？只聽陸希霖冷冷地說：「義大利是妳想來的，本來就該妳做功課！」

「哼」的一聲，他直接掠過她離開。

啊啊啊啊啊啊——童雨馨真的很想尖叫，更想助跑衝過去，一骨碌跳起來，從後面一腳踹向他的頭！

最終她忍下了，難得出來旅遊，她不想破壞這個氣氛。

希望以和為貴的那個人，注定要成為那個受委屈的犧牲者。

坐上前往米蘭的公車後，兩人不發一語，甚至連坐都沒坐在一起，童雨馨手機滑了幾百次，卻發現男友連一條示好的訊息都沒有。

從機場到米蘭市區不塞車只要一小時，旅客都在中央車站下車，誰也不會坐錯。下車後，大家到公車下的行李區拿自己的行李，童雨馨一轉身，陸希霖就站旁邊等她，不但沒幫她拿行李，還一臉屎臉。

忍，她得忍。

中央車站就有美食街，她等等會問他想不想吃什麼……先破冰再說，因為她知道無論如何，先開口的永遠都是她，也只能是她。

因為陸希霖是可以冷戰到底的人，一個月完全不答理她都是小意思。不過，冷戰的機會不多，因為她總是受不了先妥協！

她不想讓旅行氛圍在第一天就搞糟，所以她得先問他想吃什麼，食物可以拯救很多事。

「到米蘭了？然後呢？我們離貝爾加莫還很遠，現在是要怎麼去？」

她還來不及開口，又是一陣冷言冷語的數落。

「我們該不會要在車站待到明天才能過去吧？然後今晚的民宿錢就白付了？妳不要說我都沒上網做功課，我剛看了，義大利明明有罷工網站，人家早幾個月前就說今天罷工了！」

「做功課、做功課，什麼叫做功課你懂嗎？做功課是要在出國前規劃，你現在他媽的叫放馬後炮！」童雨馨氣急敗壞地扭頭就走，「有本事自己去啦！」

她疾步轉進中央車站，罷工也不是她願意看到的，她的確不知道有罷工通知網站，但這很嚴重嗎？身為男友不是應該安慰她嗎？卯起來怪她是怎樣？她都要以為自己現在身處公司，男友還她上司！

她真的完全不想管陸希霖，直接來到火車站的班次顯示表前，氣得胸膛起伏，她當然早有備案，她也查到罷工與否是看司機意願，不是每個司機都會參與……咦？她看見「貝爾加莫」的字樣時，雙眼登時亮了起來！

前往「貝爾加莫」的火車沒有全數罷工！有一班車就在一小時後！

走！買票！

她立刻拖著行李往一旁的自動售票機去，眼角餘光悄悄瞄向陸希霖，他就在她身後……哼哼，幸好還知道跟過來，不然她就只買自己的，哼！

「有車？」留意到她的舉動，陸希霖問。

「嗯，一小時後！有司機沒參與罷工呢！」童雨馨忍不住眉開眼笑，「看來我們還是挺幸運的呢！」

「嗯哼，」陸希霖挑了挑眉，「瞎貓碰到死耗子。」

「那又怎樣～就是 Lucky！」童雨馨心情大好，迅速地訂位購票。「旁邊有美食街，我們先去吃點東西吧！」

「好！」陸希霖自然地摟過她，兩個人一起到旁邊豐富的美食街去找吃的，吵架瞬間瓦解。

美食廣場裡座位非常多，各種食物應有盡有，而且都很美味，他們兩人吃得非常開心，還坐在位子上拍了很多照片，剛剛的不爽與生氣瞬間消散，甚至巴不得每樣都品嚐一遍。

吃飽後來杯咖啡，陸希霖端來時，童雨馨忍不住皺眉。

「我不喜歡肉桂粉！」她看著上面撒了一堆肉桂粉的咖啡，抱怨道。「而且我要喝 Espresso 啊！」

「愛喝不喝，幫妳買就很好了，還挑！」陸希霖也沒好口氣，「我知道妳是咖啡師，但出來玩就隨興一點，行嗎？」

「來義大利就是要喝 Espresso 啊，不然——」童雨馨突然停下，扭頭離開。「我自己去買！」

她才不會被他影響，才不吞下那杯有肉桂粉的拿鐵！童雨馨自己去買了杯 Espresso，拿鐵她就是不喝。最後，陸希霖用責怪的眼神看著她，無聲的「浪費」

在空中飄蕩。

吃飽後他們提早半小時進月台等待，雖然沒有座位，但至少終於搭上前往貝爾加莫的車子了。

車廂裡空調不夠強，有些悶熱，在這炎炎夏日讓人有點難受，幸好車程只有一小時，咬咬牙就過去了。

貝爾加莫是個小城鎮，說大不大、說小也不小，大概需要兩天以上才能玩遍，而童雨馨喜歡慢活耍廢的旅程，所以她決定在這裡待上五天，就算什麼都不做也無所謂。

「這種地方需要待到五天嗎？」路上，陸希霖又開始有意見了。「為什麼不把時間花在米蘭、佛羅倫斯這些地方？」

「有啊，那些地方後面會去。」童雨馨心裡咕噥著，他到底有沒有看行程啊？「你仔細看我排的行程，好不好？」

陸希霖用力做了個深呼吸，滿臉都是不耐煩。「弄得那麼複雜，我連看都覺得累。」

「你都已經不必做功課了，不要在那邊嘰歪，行嗎？有意見應該在我排行程時提出來，不然就是一起排。」童雨馨實在覺得陸希霖根本在挑戰她的忍耐限度，

「我最討厭這種事後諸葛了！」

「妳要是做好的話，我能有話說嗎？不就是因為妳排的行程有問題，我才會有意見！」陸希霖絲毫沒有讓步的意思，「我剛在路上就查了，貝爾加莫就是個小地方，最多兩天一夜，妳排五天是要幹嘛？在樓下散步嗎？」

「對啊！我就是想散步，或是在民宿陽台放空。」童雨馨挑了眉，她不是挑釁，這就是她的本意。

邊說，她還邊把行程表拿起來，指向她早打好的字。「放空。」

陸希霖翻了個白眼，一臉完全不想跟她說話似的，與她拉開距離。

所以在和好後的一個半小時後，他們又吵架了。

這其實算是日常，童雨馨並不感到太意外，只是她沒想到一到國外，情況竟變得更嚴重！

陸希霖本來就不是個會輕易服軟的人，而且他是恆對的，所以每次吵架都是以她先道歉告終；兩個人相愛不需要計較這麼多，就算不是她錯，讓她先開口、撒個嬌她都無所謂，但是——陸希霖卻得寸進尺了。

在他的世界裡，好像就沒有「不必計較」這四個字。

到義大利旅遊是圓她的夢，所以由她規劃沒有問題，畢竟喜歡義大利的是她、想去哪兒、吃什麼，怎麼玩都由她規劃，合情合理；婚後蜜月的法國行呢？是不是該由陸希霖規劃了？

是，他決定直接找旅行團，省時省力，換句話說，她自己想走自助，所有的問題她都要「自己」擔著；陸希霖是不可能幫她的，這的確是她早該知道的事，但他們是情人，分擔一些事很難嗎？少點責備不行嗎？搞得比陌生人還不如！

光是想到上午把她的行李箱扔在機場某個角落，她就想揍人。

好不容易抵達貝爾加莫，她訂的 Solemahouse 民宿距離車站大概只有五分鐘的路程，是個宜人的小屋，雖說僅五分鐘，但一來，人行道不好拖行李，二來，畢竟她沒來過，打開地圖後，她也得花時間找一下。

然後，又有人不耐煩了。

「妳會不會找錯路了？」

「才走三分鐘而已，大哥。」童雨馨拖著行李一邊看地圖，其實路根本就不難，出車站後左拐，一路直走到某個路口，再右轉就到了！

就五分鐘而已！

「為什麼不選車站旁的旅館啊？妳非要住民宿？」

「就五分鐘不能算車站旁嗎？先生，你睜開眼睛看看，這車站附近也沒有立刻能抵達的住宿啊！」童雨馨頭也不回地說著，並加快了腳上的速度。

煩！煩！煩！她真的沒想到出國後，陸希霖會令她煩躁成這樣！旅行可以看清一個人。這句話原來不是空穴來風嗎？

民宿離車站真的不遠，一如她在街景裡看過的，不過區區五分鐘的路程便能抵達。那是一個寧靜的社區，她依照指示在鐵門外尋找專屬的鑰匙盒，接下來只要輸入密碼，取得鑰匙，然後循著房東的指示抵達民宿就可以了！

但是……

「五二一九。」童雨馨輸入了第四次，「沒錯啊，五二一九……」

她用力扳著鑰匙盒，無論怎麼扳，鑰匙盒都紋風不動。

身後的男人看起來比她火氣還大，板著一張臉，汗如雨下。他現在只想快點把東西放下，好好吹個冷氣，怎麼就這麼難！

「這裡這麼多鑰匙盒，表示很多 B&B，妳確定是這個？」

「確定！我有照片！」童雨馨秀出手機裡的圖片，「換你來試試看，是我不會用嗎？」

陸希霖不悅地上前，按照房東指示輸入了四位密碼，再扳動鑰匙盒……很好，他也扳不動。

「所以？我們現在又要卡在這裡了？就跟妳說民宿不可靠，為什麼不直接住旅館！什麼要悠哉要有廚房，這個鎮是沒有餐廳嗎？是會餓死妳嗎？」

陸希霖不爽地又開始指責，童雨馨才沒時間跟他吵，她急著聯繫房東，問問到底哪裡有問題！

不順利也是旅行的一部分，童雨馨覺得遇到事情，逐個去解決便是，男友在旁邊的碎唸跟責怪根本無濟於事！

好好好，是她自己想來義大利的、她排的行程，她就該負責！所以她現在正在努力地解決事情啊！所以閉嘴好嗎？

幸好，等十幾分鐘後，房東終於回訊息了，原來是密碼搞錯了！重新給了正確的密碼後，童雨馨總算拿到裡頭的鑰匙，順利進入社區、抵達他們的美好民宿。

廚房、餐廳、客廳，跟一間房，一整層屬於他們的小公寓，處處寬敞，而且該有的設備都有，一進門上方就有個採光良好的天窗，讓整間屋子明亮溫馨。

這就是未來一週的小家……本該是美好的，但現在她跟男友的火氣都很大，進屋後她忙著熟悉廚房用品跟所有東西的位置，陸希霖則是把行李箱隨手一扔，焦躁地打開冷氣，然後一直抱怨冷氣不冷，接著便窩在沙發上打電動。

如果停下來就會吵架。童雨馨知道自己的性格，所以她掛好衣服、熟悉廚房，然後打開手機查詢附近最大的超市，好歹得先去買一點東西回來。

餐餐吃餐廳是不可能的，一來會膩、二來肚子也塞不下，至少早餐自己動手，還得補充水果，總不會每天吃麵包吧！

「我要去找超市，有一公里遠。」她換了輕便包包，向沙發上打電動的男友宣告。

「喔，好熱，我不去。」他頭也沒抬，「附近都有店，妳幹嘛一定要找超市？為什麼一定要自己煮？累不累啊！」

「早餐呢，每天咖啡加可頌嗎？」

「Why not？」陸希霖聳了聳肩，「反正話說在前頭，我吃啥都可以，但我不會去煮。」

換句話說，如果要煮，就是她自願的，所以她本來就要負責去買食材，不關他的事。

童雨馨不可能開口叫他陪她出門，示弱的話她說不出口，而且現在這種情況，難道還要她求他嗎？

抓過鑰匙，她隻身出了門。

即使這裡是小鎮，但東方面孔依舊引人注目，加上童雨馨帶著手機，一臉觀光客模樣，老實說，她該更加注意安全……不過由於怒火中燒，她根本沒心思在意這麼多。

「我自己也辦得到，從來不需要人幫忙！」她緊緊握著手機，用力到指腹都泛白了。「我到底為什麼不一個人出來玩就好了？我找他來做什麼啊？找自己麻煩嗎？」

什麼事都不做，只會指揮跟責怪……她簡直不敢相信，如果真結婚了，她的婚後生活會是什麼樣？

「紅燈！」急切的聲音突然傳來，她的左手肘被人掐握，一把向後拽！

咦咦！她整個人被向後扯得重心不穩，踉踉蹌蹌地摔進了某個人的臂彎之間……兩個人撞在一起，差點一塊兒摔倒。

但童雨馨只停留兩秒，整個人最終還是朝地面摔去，她狼狽地跌落在人行道上，還是後頭趕來的路人扶起她；她驚魂甫定地環顧四周，呆了幾秒才跟路人道謝——剛剛拉住她的那個人呢？

那是一個男人，聲音充滿磁性，音質太特別了，她不會聽錯，而且說的是中文！怎麼會說不見就不見了呢？人能跑這麼快？

她呆呆地在路旁站好一會兒，真的沒看到其他東方面孔後，滿腹狐疑地離開！一公里遠的地方有間家樂福，什麼食物都有，說遠不遠，當作散步也好……
雖然，她原本是希望跟陸希霖一起來的。

回到民宿後，陸希霖完全沒跟她說話，她也不想答理他，拍幾張民宿的照片跟家樂福的袋子，發了篇限動，寫下：「終於抵達，今晚先在民宿吃頓簡單餐點。」

從洗菜到上桌，陸希霖始終沒有過來幫忙，直到她拉開椅子坐下來，他人倒是出現了。

「我沒想到我會在義大利，在民宿裡吃泡麵，哼。」

童雨馨在這瞬間痛恨為他煮泡麵的自己。

「愛吃就吃，不吃拉倒了。」她頭也不抬地說著。

於是，陸希霖端走泡麵，窩回了客廳吃。

那晚，童雨馨一個人坐在高腳桌邊，一邊任淚水流淌，一邊吃麵，即使這樣，她還是在限動發了一張照片，照片正是餐桌上的兩雙筷子、兩個碗，還佐上一杯紅酒，看起來浪漫非常。

她有時會想，自己是不是太自欺欺人了。

※　※　※

隔天早上，童雨馨意外地起床就有早餐。

陸希霖笨拙地烤了麵包煎了蛋，為前一晚情緒不佳道歉，但在道歉中還是表明自己不喜歡這樣的行程，希望童雨馨能包容他總是「說來就來」的情緒。

她知道自己很好哄，陸希霖只做這些就足以讓她感動非常，昨天的一切一筆勾銷！

趁著今天天氣好，他們決定前往上城區，上城到處都是古蹟。貝爾加莫是山城，纜車為主要的交通工具，不過他們民宿地點好，附近就有直達的公車，毋須走去遙遠的纜車站。

只是……外國公車沒有像國內擁有公車智慧系統，沒搞清楚哪站下車的話，很容易就錯過了！這讓童雨馨非常緊張，她打開定位，盯著手機地圖好知道自己到了哪兒，看見有一處離目標近、又有許多人下車的站，拉著陸希霖就下了車。

想著再怎樣也只是多走一段路而已，總比坐過頭好。

「又是山路！」結果，炎夏下的山路又讓陸希霖開始煩躁，抱怨如影隨形。

童雨馨依舊選擇忍耐，還得跟哄孩子一樣哄他，迷路時他就直接站到陰影處，叫她把路搞清楚了再來跟他說，他絕對不走冤枉路。

她真的不知道自己何時會一巴掌揮過去。

強忍著怒火來到聖母聖殿，雖然她有購買博物館通票，但聖母聖殿不包含在內，而這真的是間非常非常奢華美麗的教堂，付門票她也甘願；不過對陸希霖來說，他只是勉為其難地陪伴，他對這些教堂文物毫無興趣，聽見門票要價五歐元時，眉頭皺得更深了。

所以入殿後，他們各看各的，陸希霖選擇找個位子坐下來滑手機，而童雨馨則是用手機掃QR碼聽解說，認真專注地欣賞聖母聖殿美妙的壁畫。

仰頭看著穹頂上的精細繪畫，淚水悄悄自眼角滑落，她自己也不知道為什麼會流淚……呵，怎麼可能真的不知道？她不懂這個婚前旅行為什麼會變成這樣？為什麼陸希霖會變得這麼不可理喻、又自私自利？

他逛玩具店時，她從未抱怨過一句，但每次要他陪伴她的喜好時，就像是要了他的命一樣？

她默默地發了一個限動，「我不知道該後悔來這裡？還是慶幸？」

其實她真的想寫的是，她要跟那個男人過一輩子嗎？

奢華的聖母聖殿中，自然也有許多許願處，童雨馨不希望美好的旅行變得烏煙瘴氣，她投下硬幣，拿起一旁的蠟燭點上，她不求平安、不求健康，現在的她一心只希望可以有一個愛她伴她的人。

「我希望能跟我的命中注定，愉快地在貝爾加莫度過每一天。」

她並不信教，但此時此刻卻異常虔誠地雙手交握，合十祈求。

希霖是她的命中注定，他們就快結婚了，她心底並不希望這一切生變，可是……她卻又質疑著與他的未來！

「妳在幹嘛？」氣音傳來，右手臂被人點了一下。「好了沒啊？妳看半小時了。」

童雨馨緩緩睜開雙眼，朝右看向陸希霖。「這裡這麼多東西，根本看不完。」

「厚！」他翻了個白眼，異常不耐煩。「妳後面不是還有一堆行程嗎？」

「但都在這一區啊，旁邊就是市政塔、老廣場……」她淡淡地說著早上她其實又說過一次的行程。

她沒依陸希霖的願，她堅持要待在聖母聖殿把所有壁畫與雕刻看完，所以五分鐘後，陸希霖就說他受不了了，要先離開，接下來各走各的吧！

反正有手機，或許可以約在市政塔見面。

童雨馨隨便他，也不打算強迫他配合自己的喜好……只是如果陸希霖願意多想一下，就該知道一直以來，都是她在配合他，回憶應該是要共同創造的啊！

目送著他離開的背影，童雨馨吸了吸鼻子，抹去淚水，她要堅持自己的喜好，沒道理每次都得順著他，對吧？

所以當她滿足地離開聖母聖殿時，才發現時間早已過了一個半小時。

「哇，我看得真久。」她到老廣場邊買了義大利必吃的冰淇淋，坐下來休息，順便再發幾篇限動，記錄一下她在聖母聖殿裡的興奮。

她的限動總是記錄著她每一刻的心情與旅程，或許有點密集，但這就是限動的功用嘛！

發完前景為冰淇淋、背景是廣場的照片後，她準備與陸希霖聯繫。

由於旅行時都在一起，又怕耗電。她其實都會開飛航模式，滑開後首先映入眼簾的，是陸希霖留下的一行訊息：「我先回民宿了。」

童雨馨緊掐著手機，顫抖著深吸了一口氣，委屈感油然而生，但是她不想在異國街道上嚎啕大哭，回去就回去嘛，有什麼好在意的，大不了她自己走自己逛，至於晚上訂的那間餐廳……哼！她自己一個人去吃！

她才不要被左右！緊咬著唇，淚水還是無法克制地滑落，童雨馨厭惡自己這樣的懦弱，感受到一旁異樣的眼光，她又好面子地彎身撫上自己的腳，假裝腳疼般的拍了張照。

對，她是因為鞋子磨腳難受，跟那個男人沒有任何關係！

「新鞋磨腳，忍不住哭了。」發圖配文，她繼續為自己找藉口，不知道是在騙朋友？還是騙自己？

她站起身，直接前往計畫吃午餐的餐廳，她原本只想吃個簡餐，再品嚐當地的知名甜點 Polenta e Osèi，要不是陸希霖說對那個沒興趣，也不至於取消！哼，她就吃，大口大方地吃，吃完還要在巷弄間漫步！

漫步參觀數個小時後，她回到廣場邊的市政塔，貝爾加莫觀光客真的不多，搭乘電梯上了市政塔頂，竟只有她一個人。

站在塔頂俯瞰整個貝爾加莫，她拿起手機拍了幾張照片，拍著拍著，視線漸漸模糊起來……她為什麼自己一個人在這裡？為什麼身邊沒有他？可是一想到如果陸希霖真的在身邊，她又會感到喘不過氣。

他們不能結婚！她心裡已有了答案，這樣的生活太可怕了，長跑四年，她意外地竟然沒有全盤了解他。

一場旅行，大家都原形畢露。

手機震動，陸希霖終於傳訊息來，童雨馨心裡湧現一絲期待，他記得晚餐的約定嗎？

點開訊息，卻看見一張機票與米蘭機場的合照，時間是兩個小時後，飛往巴黎的班機。

「我受不了妳安排的行程，我直接去巴黎走走，各自回國喔！」

他走了。他居然離開了！淚水再也控制不住地奪眶而出，童雨馨直接趴在高塔牆邊嚎啕大哭。

「混帳！陸希霖！」

下方不知道有多少人聽見她的大吼，但應該沒聽懂她在吼什麼，而市政塔上除了她根本沒有其他人，於是成了一個讓她盡情發洩的好地方。

「雖然妳哭起來很美，但是看見女孩哭泣，是會讓人難受的。」

低沉的嗓音突然傳進耳裡，童雨馨被嚇得尖叫出聲，猛然回頭往身後看，一個穿著藍色條紋 Polo 衫的男人竟站在她身後！這個人是什麼時候來的？市政塔非常狹窄，只有一座電梯在中間，照理說有人上來的話，她絕對能聽見電梯聲，可是……她完全沒聽到有人上來啊！

該死，她哭得太專注了！

「關你什麼事！」她撇過頭，能從口音聽出來者是同個國家的人。

男人走上前，直接站到她右側，童雨馨頭往左邊撇去，並刻意朝左挪了一步。

「是不關我的事，但看了會難過。」他幽幽地說，「在這樣美好的景色下落淚，太可惜了。」

跟著，一包面紙遞了過來。

童雨馨眼尾瞟向那包面紙，她已經哭得亂七八糟了，不想再假裝客氣；伸手接過面紙，含糊地道了聲謝，突然間尷尬大於悲傷的擦起淚水……她以為這個小鎮就她跟男友兩個東方面孔而已，沒想到……啊！

「你——」她倏地轉頭，「你是不是剛剛有救過我？」

只見男人泛起了微笑，「哦，妳居然記得！」

怎麼可能忘？他的聲音太太好聽了！

童雨馨因哭得太兇而微喘，她仍在啜泣著，可是明顯被分了心。她看著眼前陌生高大的男人，真的好高，陸希霖一百八十公分高，但這個人說不定有一百九十，真的得仰望才能看清他。

重點是，這個人不只聲音好聽，人也長得好看，加上健壯的身材，怎麼看都是模特兒的模樣！

「你有點兒……神出鬼沒耶！剛剛在人行道拉住我後，一轉眼就不見了，現在……你是什麼時候上來的？」

嗯，什麼時候啊……他露出一抹神祕的笑。

「妳哭得太認真了，我當然是搭電梯上來的，一出來就聽見妳在吼。」

哎呀！這也太丟臉了，而且還是個聽得懂她在吼什麼的人啊！

不知道是因為尷尬或是哭泣，總之，童雨馨滿臉通紅，她都快用完人家整包面紙了，還是只能抽抽噎噎。

「謝……謝謝。」想半天，她也只能擠出這兩個字。

「吵架了？惹妳哭的是那個叫陸希霖的？」男人輕輕笑著，畢竟剛剛高塔公主吼得很清楚。

一提到陸希霖，酸楚驟然湧上，童雨馨立刻又無法控制地哭了出來。

「好好好，不提他！不提討厭的人！」男人趕緊岔開話題，「想點開心的事……呃，妳一個人嘛，那一定還沒拍照，我幫妳拍！」

「不必……醜。」她現在哭到妝都花了、眼睛鼻子腫，哪裡好看。

「光線在外面，裡頭拍的就是剪影，妳不管哭成怎樣都好看。」男人說得太由衷，惹來童雨馨一記白眼。

「不必了。」

「都到這裡來了，難道要為了一個讓妳傷心的人，錯失照片留念？不值得吧？」

男子一席話讓童雨馨立即抖擻起精神，她點了點頭，把手機交給他。

晚風吹送，即使吹得她一頭亂髮，但剪影之下只是更添飄逸，在男人的指揮下拍了好幾張，每張都非常好看。

「你好會拍喔！」察看照片的童雨馨驚為天人。

「是模特兒漂亮。」

童雨馨瞄了他一眼，油得咧！「總之，謝謝你……就……這樣？」她手心揉著空著的面紙袋，準備離開高塔。

「嘿，所以……妳現在一個人對吧？我也一個人。」男人大方地叫住了她，「當然如果妳男友……」

「不要提他。」

「是是是，我一個人也無聊，如果妳不介意的話，我想去吃點道地的披薩，Marinara……」

咦咦？童雨馨雙眼一亮，Marinara！那正是她今晚想吃的東西啊！

「你也……一個人？」她是很懷疑啦，這是個帥哥耶！怎麼會沒有女朋友？

「一個人。」他伸出了手，「我叫 Han。」

童雨馨緊張地摳著手，對方這麼帥，只是一起吃個飯，有什麼大不了？難道她要因為陸希霖那個混帳，敗壞遊興，在她鍾愛的貝爾加莫小鎮成天以淚洗面嗎？不！才不要！

「Rain，請多多指教。」

※ ※ ※

這是頓比她想像中更更更更加美好的晚餐。

Han 不僅會聽她說話，而且還會詢問她的意見，雖然之前就提過想吃 Marinara，但他仍是再詢問一次；她想喝紅酒，遲疑地翻看酒單，因為陸希霖並不愛喝酒，嚴格說起來，是討厭她在外面喝酒，他總說女孩子在外面喝酒很難看，但他自己每次跟同事聚會，卻總是醉醺醺地回來。

聽起來很八股，很想說句「大清早亡了」，但很遺憾……這樣想的人其實一點兒都不少。

她連跟他在一起時，都不一定能喝酒，通常是他點單杯的，她只能喝個幾口；

而且總是在她點餐前，陸希霖就幫她安排好軟性飲料，知道他不喜歡，所以她也就順著，因為不想一頓好好的晚餐在吵架中度過。

「想喝酒嗎？點吧！」

Han 雲淡風輕一句話，卻讓她備受震撼。

原來，這是可以的。

她點了一杯紅酒，但 Han 直接提出點一瓶，她只管喝她所想要的分量，他絕不逼酒，剩下的他喝就好。

童雨馨整個喜出望外，因為她非常能喝！她挑了一瓶最便宜的紅酒，與 Han 坐在露天的餐桌旁，桌上放著一小盆三色堇，甚至還有溫暖的燭光，Han 熟練地倒酒，然後朝她舉杯。

「敬貝爾加莫。」

她忍不住「哇」了聲，她以為他們會敬彼此、敬披薩、敬夜色，但萬萬沒想到，Han 會敬這個迷人的小鎮。

「敬貝爾加莫。」她開心地與他碰杯，沒想到他也一樣喜歡這個城鎮！

她試探性地詢問，結果得到肯定的答案。共同的話題讓他們打開話匣子，從貝爾加莫聊到對義大利的喜愛，對旅行的嚮往，天南地北無所不談，好像沒有什麼是不能聊的。

童雨馨從沒想過，一頓飯竟能這麼輕鬆地吃，或許說……她已經很久很久沒有這麼毫無負擔地用餐了。

服務人員送上了一大盤沙拉，Han 禮貌地讓她先動刀叉，她有些不好意思地挑三揀四，明眼人一看就知道，她挑食，所以挑得有點辛苦。

「那妳其他喜歡的多吃一點，我沒挑食，妳挑起來的我都吃。」

童雨馨害羞地吐了舌，但喜歡這樣溫暖的說話方式，如果是陸希霖的話……呵，她想到今天在米蘭美食街的那杯拿鐵，他根本沒把她的喜好放在心上。

一思及陸希霖，她的情緒又低了幾分。

「嘿！我說了什麼讓妳不高興嗎？」

「啊？沒有沒有！」她趕緊搖頭，「是我自己的問題！」

萍水相逢，她沒必要把不好的情緒帶給 Han，況且這本來就是她跟男友的事。

Han 只是笑著，他大概能猜到是怎麼回事，畢竟普通女孩不會一個人在高塔上痛哭，應該是跟男友大吵了！他雖然很努力讓她分心，但看起來狀況比他以為的嚴重很多……尤其是——自始至終，她男友居然都沒出現？

酒一杯接一杯地喝著，童雨馨讓自己喝到微醺，可是還是捨不得回家！

她發現她能跟 Han 說出所有心裡話，抱怨時他聆聽，聊天時他應和，根本不必小心翼翼！

「妳住在哪裡……妳站好啊！」Han 根本拉不住東倒西歪的童雨馨，「抱歉了！」

他在她耳畔低語，強而有力的手臂一摟，緊緊扣住她的腰，而她就被鎖在他的身邊，身體，是貼著他的。

Han 接過她糊裡糊塗遞來的手機，終於找到了她住的民宿，拽著她坐上公車，幸好公車都能直達，並不複雜；坐在位子上時，童雨馨偎著他寬闊的肩膀，淺淺笑著。

「你的香水味好奇怪……」她抓著他的手臂努力讓自己坐直，「很像消毒水的味道。」

「呃……是嗎？」Han 伸直左手抓著對面的椅背，就怕女孩不小心滑出去。

「噢！」她逕自咯咯笑了起來，「哎呀！真好！」

她望向窗外，夜晚的貝爾加莫早已沒有什麼燈光，更遑論任何景色，但她就是覺得身心舒暢，好久好久沒這麼開心了。

「妳要不要打電話跟妳男友說一聲？讓他下來接妳？」Han 主動問她，總是應該要把她交給她男友，直接送她上樓不太好。

童雨馨回頭看了他一眼，嘴角帶著似笑非笑的弧度，淚水再度滑了下來。

「欸欸，喂！妳別哭啊！怎麼又……」他見不得她哭，一哭就手忙腳亂。

「他已經離開了……他下午扔下我，搭飛機走了。」

嗄？Han 以為自己聽錯了。「他是要出差，還是家裡有急事嗎？」

「沒有，他根本不喜歡這裡，也不想跟我出來，昨天開始就一路抱怨，今天他在聖母聖殿無聊說要分開逛，然後我就收到了這個。」

童雨馨出示了她與男友的訊息內容，那張印著前往巴黎的機票截圖。

「我的天哪……」

Han 完全無法接受，這太過分了，哪有男友會把女友這樣丟下的！

「很扯對吧，哼……呵呵……但我跟你說，在他身上真的不意外。我什麼都不對、什麼都不好，選的地點無趣、排的行程無聊，他陪我來簡直是瘋了。」童雨馨勾著 Han 的手臂，嗚嗚咽咽。「你說我為什麼要受這種氣？我幹嘛忍他啊！」

Han 任她伏在他臂上哭泣，只是輕輕地拍拍她，這一切的答案不言而喻——因為愛啊。

若不是因為愛，誰會忍受這樣的委屈？只是，如果對方真的愛她，不會讓她如此痛苦的！

扔下女友離開，這是什麼操作？同為男人，他完全無法接受！

下了公車，Han 攙著童雨馨前往她落腳的民宿，她住的社區已經非常靜謐，拿著她的鑰匙打開樓下大門，然後穿過中庭來到最末棟，進入時還要再開一道鎖，好不容易搭乘電梯上樓，才總算是安全把她送到家。

Han 遲疑著是否該進入屋內，如她剛剛所言，現在這間屋裡沒有其他人，但是……Rain 這模樣，連要把鑰匙對準鑰匙孔都有難度。

所以他還是接過鑰匙，為她打開了多段門鎖。

「嗚……」打開房門，屋內漆黑一片，童雨馨下意識地往他懷裡偎，她怕黑啊！

Han 趕緊反手打開電燈，寬敞舒適的小屋，而今只剩下她一個人。

「我去幫妳倒點水吧！」

將她扶到沙發上坐下後，Han 走到廚房想接點水，但看見桌上的茶包，決定燒點熱水讓她喝得舒服些。

而此時癱坐在沙發上的童雨馨聽到手機的響聲，她抓起來查看，臉色一沉，便扶著沙發往房間裡走去；客廳與廚房之間沒有隔間牆，這動靜自然引起 Han 的注意，他回身看見她躲進房間裡，但心裡只想著無論如何先把茶煮好，擱在桌上讓她喝。

她不喝也沒關係，他要趕緊離開這裡……雖然也不知道要往哪裡去，但就是不能待在這兒。

因為Rain有點可愛，身上的香氣很甜，剛剛一路上的軟玉溫香，讓他心跳得很快很快。

她完全是他的菜啊！剛剛幾次摟著她時，因為擔心站不穩而偏過頭，恰好與仰首的她面對面……好幾次他幾乎忍不住想吻上去。

甚至……他總覺得，好像在很久很久以前，他就見過她了。

「冷靜，冷靜……」他扶著額，一定是自己喝太多了。

隔著客廳，房間裡的童雨馨正緊握著手機，上頭是陸希霖傳來一大篇的指責訊息，一件一件的檢討她的個性與過錯，簡直是千字文檢討書！

她懶得回應，直接發了語音訊息：「我們分手吧！」

對面也回覆得很快，「妳是怎樣？說不得喔？分手就分手，後悔的絕對是妳，我也忍妳很久了。」

她說不得？童雨馨簡直啼笑皆非。「我不可能後悔的，我早該這麼做了，再見。」

封鎖、刪除，童雨馨一併把他的手機門號設為封鎖。

就這樣，四年的情感畫下休止符……這個句號其實早該畫上了，是他們誰都不想成為罪人？還是因為「習慣」，蹉跎了彼此？

人生明明可以很快樂的，就像今晚，浪漫且愉悅，無拘無束的暢談，享受著美好時光，喝著喜愛的紅酒，聽著喜歡的樂曲，能與對方有所共鳴。

但是，心還是會痛的……痛得不只是分手，而是為什麼已經遍體鱗傷後，還要再遭分手這種罪？

「啊啊啊——」她終究是痛苦地尖叫出聲。

「咦？怎麼了？」才剛關火的 Han 嚇了一跳，焦急地直接往房間的方向奔去。

「Rain！」

他衝了過去，而童雨馨同時轉身奔出，直接撲進他懷裡！

她偎在他的胸前，雙手環抱的緊綳說明了她現在的脆弱，理智上告訴自己不能趁人之危，但身體卻很誠實地回擁了她。

Rain 在哭泣，她正需要一個安慰，他只是給予她力量而已……對，Han 這麼告訴自己，也用力地回擁她，輕撫著她的髮，感受著她髮香，然後……他不知道怎麼回事，吻上了她的髮。

感受到髮上的吻，童雨馨緩緩睜開淚眼，她迅速地以手背抹去淚水，仰起頭來看著這個高塔上的王子。

這樣俊朗的外貌，套上中古世紀的衣服，絕對可以稱得上是王子。

他們貼得太近了，Han 都可以聽見自己的心跳聲，怦怦怦怦，怦怦怦怦……而那帶著淚珠的長睫眨呀眨的，視線突然落在他的唇上。

此時不需言語，他們都能感受到氣氛的曖昧與微妙。

情感與理智在拉扯著，Han 知道再不走會發生什麼事，但是他的手鬆不開，而且他正低垂眼眸，忍不住不去看著她粉色的唇……不知道是他先俯頸而下，或是她仰首吻上？

總之，他們總算明白什麼叫天雷勾動地火。

淺吻到深吻幾乎是瞬間的事，一氣呵成地汲取著彼此的香氣，他輕咬著 Rain 的耳朵與頸項，聽著她逸出誘人的低吟。

童雨馨陶醉地撫上帶著點鬍碴的男人臉龐，她被溫柔地放上了床，纖指輕輕撫過那高挺的鼻梁、唇瓣，然後她雙手一路向下，貼上了她覬覦了一整晚的胸肌。

「我們……」恢復的理智讓 Han 有一秒的遲疑。

噓！童雨馨撐起身子，火速地吻住他，現在最不需要的就是說話與思考，她只想要意亂情迷。

她已經忘記上一次，意亂情迷是什麼時候的事了。

※　※　※

民宿房間內有兩扇天窗，雖然窗上都有簾子，但昨晚根本沒人記得拉上，所以當太陽升起時，童雨馨被亮醒了。

她迷迷糊糊地睜開眼睛，腦子一片混沌的到洗手間去洗漱，走出時，還確認了一下，陸希霖的行李的確已經消失，便拖著腳步來到廚房，要為自己煮一杯濃烈的咖啡。

看見放著茶包的馬克杯時，她陡然驚醒！

「Han？」

她全然回神，衝回房間找人，但是屋子裡除了她之外根本沒人，除了那鍋冷掉的開水及馬克杯外，完全沒有Han留下的痕跡……噢，還有她自己，她換上了睡衣，但是完全不記得是自己換的，還是……嗯……

她隻身站在客廳中間咬著指尖，努力回憶昨晚的一切，吃飽前的事她全都記得，但搭乘公車後記憶有些模糊，然後一起回家、進屋……熱吻……全只剩下了些片段而已。

最爛的是，對於分手這件事，倒是記得一清二楚！

抓過手機查看，她確實封鎖了陸希霖，都已經是前男友了，自然也沒什麼好遺憾的！只是回去得跟大家解釋，那場永遠不會到來的婚禮。

她現在要記得的，是寬闊的胸膛，紮實的擁抱，迷人的胸肌，還有那令她如痴如醉的吻。

舔了舔自己的唇，濃重的呼吸與親吻，這些光回想也足以令她臉紅心跳！

「分手了？」

坐在餐桌邊，童雨馨愉快地為自己煮一杯咖啡、煎顆蛋，配上水果，悠哉悠哉地與閨密打起了視訊電話。

「妳重點聽到哪裡去了？我昨天遇到了一個很棒的男人！」童雨馨沒好氣地回應著，幹嘛提那個晦氣的前男友。

「不是啊，你們不是再幾個月就要結婚了？怎麼說分就分？」連婚紗照都拍好了耶！

「他扔下我，去了巴黎，這種男人我留下來過年嗎？」童雨馨聳了聳肩，「但老天很眷顧我，讓我遇上一個天菜，噢，真棒！」

她邊說，一邊下意識撫上自己的頸子，就怕閨密看不清楚那些草莓痕。

「我的天哪！妳好猛喔！國外分手立刻又展開新戀情？」

「當作我一時意亂情迷吧，國外豔遇！但感覺真的太好了。」

「媽呀！好羨慕！發照片來給我看看嘛！」姚姚比她還激動，「如何如何？哪國人？技巧怎樣？」

呃……技巧？童雨馨愣住了，老實說，她的記憶只到Han吻上她的胸而已……真是太可惜了，她怎麼最重要的部分都不記得了！

「同國人，又高又帥，模特兒等級，重點是——對我很好，體貼、紳士、善解人意，噢，他也喜歡義大利。」

「是喔。」姚姚敷衍得非常明顯，「剛認識都嘛體貼，在床上每個男人都是情聖啦！不是啊，妳這無縫接軌得太緊了吧！」

「反正都分手了，我管那麼多。」她深呼吸一口氣，「我已經壓抑自己太久了，我從現在開始要做自己。」

「早就跟妳說了，談個戀愛還把自己磨滅是怎樣？」姚姚一臉欣慰。

是啊，大家都這麼跟她說過，只是她一直覺得兩個人在一起，勢必要有所退讓跟犧牲，這稱之為磨合。只是不知不覺間，變成只有她在退讓跟忍耐，甚至委曲求全。

「以後不會了。」她看向窗外的藍天，心情跟天空一樣寬闊。「所以我會繼續按照行程玩，我分手的事妳先別說啊，我可不想在國外還收到各種關心訊息。」

「放心！那～」姚姚眨著眼，「豔遇的帥哥能瞧一眼嗎？在洗澡？」

呃……童雨馨一陣心慌，這偌大的屋裡就她一人，她連Han什麼時候走的都不知道！但她不想編織謊言，便一五一十地都跟姚姚講了。

「所以？有留聯繫方式嗎？他中文名字是？住在哪裡？幾歲？」面對童雨馨一連串的搖頭，姚姚都發出尖叫了。「童雨馨！天菜妳只搞ONS？」

「我醉了啊，也沒時間交換Instagram！」她也很懊惱，「不過我們昨天有聊到，他既然喜歡這裡，一定會去卡拉拉學院美術館瞧瞧，所以我弄一弄就要出門去美術館了。」

姚姚啼笑皆非，雖說貝爾加莫只是個小鎮，但好歹有上城跟下城，哪能這麼容易就遇到。但她不潑童雨馨冷水，只祝福她心想事成。

童雨馨迅速吃完早餐，刻意妝扮了一番，其實她內心是不安的，因為Han沒有留下來。

這似乎代表著昨晚就是一夜激情，過後什麼都沒留下，所以他也沒留下任何聯繫方式……她喜歡那個男人，心底希望能再相遇，但一切只能隨緣。

出門前拍了張全身照發限動，今天走明媚路線，出發前往卡拉拉學院美術館嘍。

卡拉拉學院美術館在下城區，步行即可，雖然盛夏氣溫很高，但散步對童雨馨而言是小菜一碟，出國嘛，本來就需要多走路；她其實一直左顧右盼，生怕會錯過Han，但又告訴自己專心看展覽，她都覺得自己要精神分裂了。

「呼！」

離開美術館時，她走路有些不適，這雙新鞋磨傷了她的後腳跟，兩小時的參觀下來，皮都磨破一圈，好痛喔！她在美術館前就近找了張椅子坐下，身上也沒OK繃，最快的解決方式是回民宿換雙鞋，但這樣還得走二十分鐘……童雨馨緊皺眉頭，那不得再磨掉一層皮？

好煩，她想著是不是厚臉皮些，問問旁邊那些陪著孩子在遊樂場玩的媽媽們？

嗶——嗶——嗶——

一台車從旁邊倒車向後，男人後知後覺地發現，趕緊再往後退了幾步，他有些迷茫，感受著陽光灑在皮膚上的溫度、刺眼得幾乎讓人睜不開眼。隔著一條馬路，他看見了那個坐在美術館外的身影。

她正婀娜地坐在那兒，自拍後低頭滑手機，他看見她的瞬間，忘記了剛剛一閃而過的混沌、徬徨、猶疑，不假思索地直接走上前。

「別告訴我妳已經看完了。」

一道陰影突地擋到自己面前，童雨馨嚇了一跳，她猛然抬首，見著了她心心念念的那張臉。

「天哪！你……」他真的在這裡耶！「你現在才來啊！」

「呃……對，也不晚啊，現在是……」他看了眼左手上的機械錶，「也才十二點啊，小姐！」

他自在地坐到了她身邊，今天的他換了身休閒服，天藍色的上衣配上白色短褲，有幾分雅痞氣質，但依舊魅力十足。

「我很早就醒了，你……呢？」她不避諱地直視他的雙眼，「我醒來時，你已經不在了。」

男人臉色微斂，一抹赧色閃過他的臉龐，為那俊朗的臉增添了幾分可愛，他垂睫掙扎幾秒，重新抬首時，直接回望她的雙眼。

「我不想離開，但我有必須回去的理由。」他沒有編造任何藉口。

「能說嗎？」她望著他。

Han 搖了搖頭，「其實我不知——」

餘音未落，童雨馨主動上前吻他，打斷他的話語。

Han 很快地撫上她的臉頰，熱切地回應著，氣溫再高，也不及他們之間的熱情。

良久，她才依依不捨地離開。「什麼都別說，我只想維持現狀……就我們兩個。」

她不想去思考太多，也不願知道他的一切，他們是彼此旅途中的過客，只要享受當下便好。

Han 貪戀般地摩挲她的臉龐，啞著聲回應。「好，就我們兩個。」

童雨馨笑了起來，笑得明豔動人，她帶著些兩分挑逗的輕輕推開他，狀似輕鬆的仰首迎接灑下的陽光。

「唉，餓了。」

「那我們去吃點東西？」他站起身，紳士般地對她伸手。「想吃點什麼？」

「昨晚喝多了，其實今天也不想吃太多……或許找間咖啡廳……」

「吃個甜點、叫份沙拉，喝杯咖啡也好？」Han 的提議，與她不謀而合。

她綻開了笑顏，真好，不會有人唸著吃草有什麼好的，正餐不吃卻吃甜點，然後叫了她不想吃的食物，她不吃還要被責備浪費食物；她搭上他的手站起，自然地挽著他。

「你真好。」她看著他的側臉，由衷地說道。

Han 回眸看向她，眼裡滿滿柔情。「妳更好。」

毋須多餘的話語，他們說完各自赧紅了臉；勾著手離開美術館，Han 拿著手機搜尋著適合的餐廳，而剛剛被美色分神的童雨馨，也終於再次意識到自己被磨痛的後腳跟。

但她想在 Han 面前展現優雅的姿態，所以硬撐著不讓自己走路一拐一拐的，其實這對她而言不是難事，女生很能忍痛，像是以前跟陸希霖在一起時，要是磨腳就會被他數落一頓：鞋該買好穿的不是漂亮的，出來玩還磨腳是掃誰的興？

真煩！想到前任她突然又一股無名火竄起，但更多的是氣自己愚蠢。

Han 感受到手腕上的力量，他不動聲色地觀察著，Rain 的臉色不太好，帶著點怒火，眼神看向很遠的地方，昨晚在吃飯時，她也曾有過這樣失神的時候，而且……視線下移，他突然停下腳步。

「欸！」因為他的止步，童雨馨反而來不及煞住，差點往前傾倒。

Han輕易地扣住她，並且將她拉近身前。「腳很痛吧！我揹妳。」

「咦？」童雨馨嚇了一跳，她不知道自己那張白淨的臉，瞬間漲成了粉紅色。

「我……你……」

也太可愛，Han打從心底這樣覺得，忍不住俯頸朝她通紅的頰畔一吻，接著便轉過身，蹲了下來。

「Han！別、別鬧！」童雨馨雙手都護著自己的臉了，好尷尬啊。「我可以走的啦，我就只是……」

「上來吧！別在意。」他輕笑著，一派輕鬆地拍拍自己的肩。

寬闊的背，簡單的拍肩給她強大的安全感，上一次有這種感覺是什麼時候的事了……童雨馨害羞地偷偷瞄著路人，但好似大家並沒有多注意他們，反而是她自己扭捏起來。

咬了咬唇，她很想要依賴這個厚實的背。

雙手繞過男人的頸子，Han輕而易舉地將她揹起，她身體極度僵硬，雙手打直、腳的每處肌肉都在用力。

「呵呵呵……」Han 的笑聲透過胸膛，震動般的傳遞到他的背，乃至於她身上。「妳放輕鬆點，這樣我很難揹喔！掉下去怎麼辦？」

媽呀！這怎麼輕鬆得起來啦！童雨馨整張臉往他肩頭埋，試著放鬆身體，Han 穩穩地勾住她的雙腿，昂首闊步地朝前走去；周圍傳來窸窸窣窣的看熱鬧聲，讓她羞得只敢盯著路面。

她的臉，就貼著他的耳，所以原本在她臉上的粉色，也跟著暈染到 Han 的耳廓上。

「抱歉喔，我沒穿過這雙鞋走這麼長的路，不知道會磨腳。」她悄悄聲地開口解釋。

「沒關係啊，鞋子磨腳難免，妳不必跟我為這種事道歉！」Han 反而覺得她說話太小心翼翼了，「等等我去買個 OK 繃幫妳貼。」

他沒生氣。

她不必找藉口，也不必哄他……是啊，磨腳已經很痛苦了，為什麼以前的她還得卑微地哄著那個男人。

童雨馨悄悄望向 Han，他們靠得這麼近，可以看見他濃密的長睫毛、挺拔的鼻子、好看的側臉，以及那個依舊不是她的菜的消毒味香水。

揹著佳人的 Han 一點兒都沒感覺到重，連笑容都凝在嘴角壓不下來。

老實說，Rain 的好身材讓他有些血脈賁張，貼在他背上的柔軟輕易令他心跳加速，但他提醒自己要專心找路，還得找間藥局。

耳旁傳來隱約的嗶嗶聲與歡呼聲，甚至還有掌聲，這讓他有點害羞，朝聲音傳來的方向看去，想跟路人使個眼色時……一抬頭，他卻沒看見任何人？

那些聲音是……哪裡來的？

一秒暈眩，他及時穩住背上的可人兒，下一秒又恢復了正常。

這是怎麼回事？

抵達他物色的餐廳，放童雨馨下來時，她都傻了。

「為什麼……你會挑這間？」她嘴巴都張成 O 字型了。

「這間滿有名的，聽說甜點非常地道？妳不喜歡嗎？」Han 禮貌地左顧右盼，「那我們再找別間，這附近有很多……」

「不！不是！」童雨馨抓住她的手，「這原本就是我的口袋名單耶！」

「Wow！」Han 忍不住牽起了她的手，「這麼巧！」

「超級！」

午餐也能旖旎浪漫，旅行的重點有時是在旅伴，再差的地方，只要有好旅伴，都能難忘且愉快！他們點了瓶白酒，開始聊著下城區的點滴，談論到多尼采蒂劇院時，更是話題契合地談論起《愛情靈藥》這部歌劇。

童雨馨覺得自己的心跳一直在失速中，她望著 Han 侃侃而談時，竟有種深深的陶醉感，而當她說著自己的喜好時，Han 眼神也炙熱得讓她有點喘不過氣。

恰好，服務人員送上了咖啡，兩杯拿鐵，上面覆了層奶泡，還有拉花——兩顆大白愛心。

「真漂亮！」

「嗯，還不錯。」她一臉神祕地湊前些，「偷偷告訴你，我咖啡拉花很強喔！」

他知道的……Han 自己愣了一下，剛剛腦海裡閃過的想法是什麼？

「是嗎？」他最後說出口的，卻是裝傻的問句。

「對，我什麼圖案都能做！」童雨馨一臉得意的模樣，驕傲自信。「各種愛心、鬱金香、樹葉、天鵝……」

因為她是咖啡師啊！還參加過國際賽事，研究過多種拉花技巧，這小小的大白愛心，小菜一碟。

「是嗎？那……」Han 出了道很扯的題，「停在花上的蝴蝶怎麼樣？」

「哇，這難度挺高啊！」童雨馨認真地思考，分開拉花她行，但要結合在一起的話……

「或是弄個夕陽下的大橋……」對面還在出題。

「喂，你要不要直接用模板撒肉桂粉好了！」她沒好氣地唸著。

「巧克力粉吧，妳又不吃肉桂。」Han 低低地笑了起來。

咦？童雨馨怔住了，「你……你為什麼知道我不吃肉桂？」

「妳說的啊，肉桂卷妳沒辦法，一點點肉桂粉都受不了。」Han 微蹙起眉，「不是嗎？」

她什麼時候說的？童雨馨有些記不清了，她的確不敢吃肉桂，連聞到氣味都不行，但他們昨天在披薩店並沒有吃甜點，更沒喝咖啡，應該沒有場合……

「我昨晚喝醉後說的嗎？」

「呃……」結果，換 Han 猶豫了。

奇怪，他好像也不記得了，記憶有些混亂，但是他清楚記得 Rain 皺起眉，掩住鼻子，推開了一盤肉桂卷的畫面。

「算了算了，那不重要。」童雨馨連忙打斷他的思考，氣氛都被她搞僵了。

「他們家的 Polenta e Osèi 看起來比我之前吃的好吃！」

Polenta e Osèi，在義大利文中是玉米餅跟鳥，以前的人會把小鳥跟玉米餅放在一起烤，現在則改放巧克力小鳥作為象徵。中間裹杏仁和糖，是無敵甜的甜食，所以他們只點了一份，分著吃。

童雨馨昨天吃過了，換家店品嚐——依舊甜到讓人倒抽一口氣，這時咖啡就是個非常好的搭配，她端起來喝了口，才能中和掉甜味！Polenta e Osèi 的確很甜，但 Han 似乎酷愛吃甜食，看他一口甜點、一口咖啡，童雨馨不禁覺得他格外可愛！

而童雨馨自己嘴巴上說甜，卻依舊會再切下一塊，Han 有種既視感……他總覺得，他見過她那樣開心吃甜點的模樣，還有她喝下咖啡後，眼珠子會骨碌骨碌轉著，像是努力想讓所有味蕾細細品味咖啡的香氣。

瞧，就像現在。

童雨馨喝了口咖啡，讓咖啡充滿口腔，感受著甜點與咖啡結合的衝擊，那模樣吸睛俏皮，唇上的奶泡更讓 Han 目不轉睛。

「怎麼了？」她當然留意到他的注視。

Han 撐著桌面站了起來，二話不說越過桌子，吻上她的唇，輕輕地以舌尖帶走了她唇上奶泡。

啊！童雨馨都石化了，她呆呆地看著他從容地坐回位子，剛剛……剛剛他是、是是是在幹嘛！

哎唷！她雙手掩嘴，臉又通紅。

「我覺得妳太好看了，我有點無法控制自己。」Han 說得有夠誠懇，這直接的告白反而讓童雨馨心跳漏了好幾拍。

她快不能呼吸了。

「我、我去上廁所！」

她站了起來，逃走似的轉身往洗手間的方向去。

救命啊！她第一次遇到這種直球對決……不是，他們昨晚都已經那、個了，雖然昨晚她完全沒印象，但剛剛 Han 那樣坦率的告白，還是讓她心臟快停了。

她會不會在義大利心臟病發啊？救命！

看著鏡子裡的自己，整張臉都漲成豬肝色了，好害羞喔！冷靜點！童雨馨！他只是好看了點、高了一點、身材好了一點，對妳包容度多了……很多點，又會在意妳喜歡什麼、不喜歡什麼，還有同樣的喜好與興趣而已……

好讚！她抬起頭，與鏡裡的自己四目相交。

「童雨馨，妳該不會在國外的旅途中，遇到了對的那個人吧？」

好好把握啊！她整理好自己的心情，重新走回了座位，此時甜點已經被 Han 吃完大半，他打從她進入視線後，就笑吟吟地凝視著她，看得她渾身都不自在。

「別看了你！」她抬手，卻是擋住自己的眼睛。

Han失聲而笑，「喜歡所以想看著啊，總覺得再不多看點怕以後沒機會。」

「最好。」她低垂著頭，囫圇吞棗地把甜點塞入口。

哎唷，她感覺自己的段位低太多了，一被注視臉就發燙了。

「路口有藥局，我去買OK繃，然後我們回去換雙鞋，休息一下。」Han提出了建議，「晚一點再出來走走？」

「……好。」她欣然同意後，他起身走出店外。

重點是，他會先問她意見呢。

Han向服務人員頷首示意後，便步出店外朝巷口走去，他剛剛在地圖上發現附近有間藥局，Rain的後腳跟流血了，他自然能揹著她回去，但如果處理好傷口讓她自己走，大家都更輕鬆些。

嗶——嗶——嗶——

尖銳的耳鳴突然響起，他難受得以手摀耳，但嘈雜聲再度傳入耳中，與其說是外界傳來，更像是從腦子裡發出來的！

劇痛跟著襲來，他不支地扶住一旁的大樹，視線隨之模糊，彷彿蒙上一片雪花——

「……Han！」

嘻。餐廳裡的童雨馨拿起手機飛快地傳訊息給閨密，說她不但在美術館再度遇上Han，他們還共進了午餐，現在呢……要一起回她的民宿。

哇喔，她心頭小鹿亂撞，她不介意在民宿裡發生點什麼事，畢竟昨晚她記憶體壞了，精采的地方都沒記下！

只不過，那份期待最後變成了漸冷的心。

因為Han沒有回餐廳。

童雨馨在餐廳裡枯等了一個小時，覺得自己像個笑話般的結帳買單，最終拖著疼痛的腳回到了民宿。

什麼對的人——騙子！大騙子！

旅途中的豔遇，她怎麼還當真了！

※　※　※

接下來一整天，童雨馨沒有再遇見Han。

他明知道她住在哪裡，卻沒有來找她，她知道這只是一段萍水相逢的緣分、甚至可說是一場豔遇，但她卻還是期待響起的門鈴、敲響的門，甚至在下樓時看見他捧著花站在外頭等她。

第四天，她隻身坐在貝爾加莫最高處的聖維吉利奧城堡，這裡要先到上城區，再搭一段纜車才能抵達，這是她計畫好的行程之一，不會因為分手或是帥哥消失而取消。

但是，她內心還是無比失落。

「清醒點啊，童雨馨！」姚姚的聲音自耳機裡傳來，「ONS！是一夜情，你們遇到兩次已經很難得了！」

「都遇到兩次了，為什麼沒有第三次！」她嘆了口氣，低頭發著限動。照片是高處美景，配上「這時如果能來杯咖啡就更好了。」限動是現代人的最佳掩飾，只讓別人看見美好的表象。

只是，從纜車站走到這兒有一段路，沿途還真沒咖啡店，再說她失魂落魄的，哪有心情惦記咖啡？

「童雨馨啊！一段豔遇別看得這麼重！享受到就好啦！欸，我出國這麼多次，都沒遇到天菜耶！」

「妳不懂啦，我跟 Han 之間不只是情慾間的交流而已……」更別說她根本不記得那晚的事好嗎！「我們是真的很聊得來，而且啊……他真的很好。」

「嗯嗯。」萍水相逢都嘛很好，姚姚敷衍地回應，想當年她跟陸希霖剛交往時，也是天天讚不絕口啊。「妳不要才剛跳出一個坑又掉進另一個……不對，這個不是坑，他沒還戕害妳！」

「閉嘴吧妳！」童雨馨扯著嘴角，「不說了，我要邊聽《愛情靈藥》一邊欣賞景色了。」

「有事隨時找我喔！」姚姚貼心交代，「放寬心，說不定等等又等來另一個天菜！」

「最好！」手指在耳機上輕點兩下，結束通話，童雨馨低著頭在手機中查找《愛情靈藥》的音樂。

她原本的計畫是在傍晚到這最高處來欣賞落日夕陽，不過歐洲夏季的日落是晚上九點……所以最適合的安排就是到纜車站出口的米其林餐廳 Baretto di San Vigilio 用餐，先在落日餘暉中吃前菜，再在燭光中品嚐晚餐，最後欣賞地面的點點星光。

餐廳她都訂好了，不過是訂在明晚，這兩天心裡悶得慌，才提前上來晃晃。明天的晚餐她照樣會來，不管有沒有人陪，她不會為了其他人影響自己。

昨天她再失落也還是在鎮上漫步……好吧，她不否認是期待在路上遇到Han，她想過很多種相遇情況，或許他有女友了……再糟一點，說不定抱著一個小孩，跟著妻子一起上街，那麼她會很大方地頷首微笑，假裝只是路人，絕對不做過多糾纏。

就只是……想再見他一面。

「你還在這裡嗎？」她幽幽地自言自語，「能再見到你嗎？」

只要能再見一面，她什麼都不奢求。

童雨馨不知道，在她身後數公尺的椅子上，有個男人坐在那兒，他正經歷著疼痛欲裂的頭痛，撫著額角忍受著不停歇的耳鳴與嘈雜聲，嗶——嗶——

不要吵了！他在內心吶喊著。

神奇的是，就在這一秒，耳鳴突然消失，世界恢復了正常，他定了定神，有點茫然地環顧四周。

他現在是在哪裡……

「Rain……」即使是背影，他也一眼就認出。

望著身邊放著的兩杯咖啡，莞爾，其實他是個很卑鄙的人。

他是個跟著她Instagram移動的男人，所以他知道她在哪兒、知道她想要什麼，更知道她的一切喜好。
他是刻意迎合她的，但是……做那些事並不違背他的本心，他記得她的好惡、在意她的情緒，不希望她想起把她扔下的男友而哭泣，也不喜歡看見她忍著腳疼的模樣，他只想見到她開懷地大笑，自在熱情地談論著喜愛的事物。
刻意的部分就是……這兩杯咖啡。
深吸了一口氣，他鼓起勇氣走向長椅上的女孩。
「這麼美的地方，不搭點咖啡可惜了。」
冷不防地一杯咖啡自右方遞了過來，童雨馨看著坐下來的男人瞠目結舌，眼珠子都快瞪出來了。
各種髒話在腦海中繞過一遍，刻薄的話語也在內心尖叫吶喊，不過最終她什麼都沒說出口，而是默默接過了咖啡。
露水情緣，短暫的旅途，她想保留最美好的事物。
「我以為至少要買束鮮花，然後跟我解釋一下，你是跑到哪兒買OK繃了。」她漫不經心地抱怨著。
「呃……我不喜歡任何植物。」
童雨馨睨了他一眼，才緩緩喝了口咖啡。「嗯哼，還行。」

看向他的眼神帶著不捨與珍惜，Han 露出了帶著歉意的笑容。「抱歉。」

「別說那些。」她再度打斷了他，「今天有多少時間可以陪我。」

Han 有些心梗，嘴角的笑意略微凍結，他伸出手，握住了她擱在膝上的那隻手。

「我不知道，無法確定會不會有突發狀況。」他誠實以告。

「我們能先交換聯絡方式嗎？」她低頭，看著咖啡蓋。

「我沒有手機。」

好爛的藉口，童雨馨轉頭凝視他，這好看的臉龐，一出現就讓怒火完全消失的人，她沒有什麼好強求的。

陡然撲上前，直接吻住了他。

Han 立刻摟住她，他們在長椅上熱情地接吻，明明才一天多未見，但卻激動得像許久未見的異地戀情人。

「那我們可得把握時光了。」離開唇瓣時，童雨馨挑了眉。

「想去哪兒？我都陪妳。」Han 輕輕撫摸著她細嫩的臉頰，他真喜歡她這帶著一絲性感的模樣。

「你呢？都沒想去的地方嗎？」

「跟妳在一起，去哪裡都行。」

「油嘴滑舌耶你！」她失聲而笑，「下城有座主教座堂，新古典主義，我還沒去，走走？」

Han 主動牽起她的手，她的指尖輕輕滑過他的掌心，他們十指交握，相視而笑，那股化不開的甜膩縈繞在兩人之間。

「早知道今天會遇見你，我就穿好看一點。」她一個人咕噥著，因為她今天穿得真的很隨便。

「妳穿什麼都好看……」Han 刻意打量了她一遍，「尤其是穿紫色時！」是嗎？童雨馨心裡甜孜孜的，她剛好就有一件紫色洋裝，是為了米其林餐廳特別準備的！

走回纜車站等車時，自然看見那間米其林餐廳，Han 多看了兩眼，眼神裡帶著渴望。

「我想在這裡跟妳吃晚餐，我去訂個位好了。」Han 邊說，拉著她要前往餐廳。

「欸，不必！我明晚有訂位了。」童雨馨連忙拉住他。

Han 回頭瞥了她一眼，搖了搖頭。「我不想等明天。」

因為，他連今天能陪她多久都不能確定，遑論明天！

他拉著她前往餐廳，現在才上午十點，服務人員尚在整理，Han 禮貌地上前詢問，餐廳人員帶著歉意告訴他，這一週無論中餐或晚餐，全都客滿了。

童雨馨看見他的焦急之色，心頭不由得一緊。

「別急，我明晚有訂位。」她強忍著不安，拉過他的手。「我訂的時間很早，我們還能挑個好位子。」

Han 眉頭微蹙，看著在物色位置的童雨馨，冷不防上前，一把將她擁入懷中！

他不想等明晚。

因為，他不確定會不會有明天！

「我想今天就跟妳在這裡吃飯，能的話就是中午，越快越……」他說著，語調轉為激動，擁抱她的力道又更緊了。

童雨馨豈會不知道他的擔憂，可是她不想去承接這個話題。為什麼就不能只陪她？拋下他在意的那些，不就能陪她了！

「順其自然好嗎？Han？」她輕輕掙扎著，「我快不能……呼吸了！」

「啊！抱歉抱歉！」Han 趕緊鬆手。

童雨馨難得見他這麼緊張，她努力揚起甜美笑容，雙手捧住他的臉龐，啾了一下。

「放輕鬆，在哪裡不是重點，重點是我們在一起。」她歪了頭，望進他的雙眼。「好嗎？」

是啊，只要在一起……Han終於放軟了身子，前額輕輕靠在了她額前。

好。

調整狀態後，兩人親暱地走回纜車站等車，又開始聊起等等要去的主教座堂。Han很喜歡童雨馨訴說熱愛事物的神態，眉飛色舞，閃閃發光，甚至……不說話時也是這樣亮眼。

那天，他也在聖母聖殿裡。

她雙眼晶亮地跟著導覽欣賞聖母聖殿內的壁畫，他一定神就瞧見了她，完全看不到其他人；那時混亂的記憶只覺得……似乎才剛把她從馬路邊拉回來，為什麼下一瞬間卻在聖母聖殿裡看見她了？

她觀賞著教堂的每一處，而他卻盯著她，看著她點燃蠟燭許願，他甚至就站在她身後……聽見她低聲呢喃的願望。

然後，那個男人走了過來，他尷尬地閃避，只聽見對方不耐煩地抱怨，然後離開了聖母聖殿。

他原本想追出去的，他認為情人間的相處不該如此……但最後選擇跟她待在同一個空間裡，他也點燃了一根蠟燭，望著她的身影，許下同樣的願望。

「我知道妳一定覺得我很渣，很多祕密，而且我還什麼都解釋不了。」Han 用低沉迷人的嗓音緩緩開口，「但我對妳的感覺不曾有假。」

走在路上，Han 像是醞釀已久般的，主動挑起這個話題。

童雨馨掐緊了手上的手機，在心裡一遍遍告訴自己：不要在意、不要在意。一旦現在起了爭執，只怕會失去這短暫的緣分。

「我只想跟你創造美好的回憶，旅行嘛，不管是一夜情或是萍水相逢，我都欣然接受，因為你是我喜歡的類型。」她故作輕鬆地聳了聳肩，「也就短短這幾天，我不知道你的名字、你的背景，我後天就要離開了，或許我們這輩子都不會再相見，計較這麼多做什麼？」

Han 突然有些赧色，「呃，一夜情……我們有嗎？」

「咦？沒、沒有嗎？」童雨馨反而愣住了，「我喝醉那天晚上，我記得在床上時……」

她下意識撫上自己的唇，那唇舌交纏的刺激，她倒是沒忘。

Han 忍不住笑了起來，「妳後來說想吐，我扶妳到廁所去，說來妳不信，妳可是自己洗好澡、換好衣服，然後摔出來的！」

真的是一打開門，看著他傻笑，接著整個人直直往地上倒去……他當然準確地抱住她，無奈地笑了半天。

「什麼？哎唷！」童雨馨尷尬地想找個地洞鑽進去，「所以我們……」

「妳後來睡死了，我可不趁人之危。」他突然附耳，「如果妳想補進度的話……」

嘖！童雨馨羞紅著臉推開他，疾步往前走去，山城都是上坡或下坡路，眼前正是下坡，童雨馨跑得可快了。

現在就回民宿去補上進度？會不會讓他以為自己太好色了啊！

難怪，她就想自己怎麼沒有印象，原來是……唉，酒真的誤事，她再少喝一點，就可以有個完美的夜晚了。

Han輕易地追上她，拉過她圈在懷裡，勾起的食指指節輕輕撫過她的鼻尖，帶著寵溺的笑意。

「反正時間很多，逛完後吃個飯，或許下午……回妳家休息！」

她挑了眉，「這提議不錯。」

「晚餐我們能在家裡吃，我做的菜可好吃了，再開瓶紅酒，我們到陽台上吃，別浪費妳民宿的陽台。」

童雨馨望著他，半天說不出話，鼻子竟有酸楚湧上，有股想哭的衝動。

那不就是她夢想中的旅行？

在貝爾加莫城鎮中漫步，感受著它的歷史與文化，人文與風情，不需要每天都在餐廳吃飯，買點簡單的食材，如同在家般悠閒地在民宿裡用餐，或是在那個寬廣的陽台上飲酒，仰頭可見星空，低頭能見火車呼嘯而過，背景音樂正是《愛情靈藥》。

閒靜、浪漫，讓自己暫時成為異國他鄉的一分子，享受片刻的寧靜。

「怎麼了？」Han 立時注意到她的情緒，她眼眶紅了。「我說錯了嗎？我道歉。」

她搖搖頭，二話不說撲進他懷中，緊緊環住他的頸子。

怎麼會錯？他說得太對了，那正是她要的旅行，明明那麼簡單的想法，但卻被人嫌棄得要死！她夢寐以求的旅程，最終竟是由一個旅途中偶遇的陌生男人陪她完成。

「為了怕等等沒機會說，我想先告訴你，我很喜歡你。」她現在已經懂得什麼叫把握當下了，「不只是因為你帥，或是我們注定短暫的時光，反正我就是很喜歡很喜歡你。」

「我也很喜歡妳……」他凝視她的雙眸太過深情，深情到童雨馨畏懼他的注視。

沒有未來的激情，他別那樣看她啊！

Han 再次吻上她的額，他除了喜歡，其他什麼都不能說！

嗶——嗶——

啊，耳裡再度傳來雜音，耳鳴又開始了……他緊皺起眉，試著不讓童雨馨發現。

別這樣！現在不是時候！

「我訂明晚六點半的餐廳，別忘了。」她把明天的行程一起交代，「上午我可能待在家裡，你要是有空……來找我。」

「沒問題。」如果可以，他真希望從現在開始，就與 Rain 在一起，形影不離到明晚。

如果可以。

他們一同進入主教座堂，Han 始終陪她一起參觀，他們喜歡一樣的東西，一起讚嘆著建築壁畫與歷史。

童雨馨再度看見蠟燭，不禁想起那天在聖母聖殿裡許下的願望……會不會，正是因為她許了願，所以 Han 出現了？他才是她的命中注定嗎？

她自己也不知道，畢竟目前激情大於理智，來不及思考太多。

拿起蠟燭，她轉頭而去。「我們來……」

一轉身，本該在她身後的男人，不見了。

有別於前一天的焦急失落，慌張難受，童雨馨今天很冷靜地環顧了主教座堂一圈，甚至親自走一遍，她連到外面尋找都沒有，只是一抹苦笑。

重新走回了蠟燭邊，她是沒想到，今天連飯都沒辦法吃，時間竟如此短暫。

點燃蠟燭，她望著燭光，虔誠地許願。

剛剛還想著只要再見一面就好的……但人心終究是貪婪的，得到了還想要更多！真的見到面了，卻還想再見。

「希望明天，能讓我見到他。」她默默地許著願。

至少，能說再見。

※　※　※

內心的悸動騙不了人，她滿心滿眼都是他，曾幾何時陸希霖帶給她的傷害與痛苦被疾速撫平，那些怨懟不滿都已忘懷，只剩與Han之間的甜蜜與幸福感。

有人會說，這是一種注意力被移轉，因為Han帶來的新鮮感，讓她忘記了陸希霖的一切。

才不是！她心底比誰都清楚。

在陸希霖扔下她，直接回國的那天，他們就已經分手了。她只是立刻展開一段新戀情，她與Han之間也未有任何承諾，至少她沒有對不起誰。

摩卡壺發出陣陣蒸氣，童雨馨關掉瓦斯爐，將香醇的咖啡緩緩倒進杯裡，餐桌上已經擺好早餐，桌上立著的手機，正在視訊。

「哎唷，童雨馨，我好擔心妳耶！妳別這麼從容好嗎？」

「擔心我？為什麼？」童雨馨端著咖啡回身，俐落地一屁股挪上高腳椅。「我很好啊！」

「好個鬼啊，萬一今晚他沒有出現怎麼辦？」姚姚說得直白。

「我一樣享受我的晚餐，我連要點什麼菜都看好了。」童雨馨抓起可頌往嘴裡送，「我是很希望他出現啦，不過如果他真的沒辦法，我也能坦然接受！」

「哎呀呀……」姚姚嘖嘖好幾聲，「我怎麼覺得妳這豔遇比前任的歷程更磨人？相遇熱戀冷淡分手一氣呵成！」

童雨馨微怔。旋即笑了起來，這形容可真太貼切了！

「呵呵，這也沒什麼不好啊，五天之內一次結束，總比我花了四年的時光好。」即使會痛，也算速戰速決。

姚姚在海的那端心疼，短短幾天小雨就得經歷兩段情傷嗎？她當然對於那個Han沒什麼好感，旅行中的相戀都只是人生中的一抹繽紛罷了，可是繽紛後就是黑暗了！緣分那麼短，而且動不動就搞失蹤，沒手機？不拍照？這絕對只是玩玩而已。

幸好，小雨也沒太認真，誰也不虧。

「妳能調適就好。」

「不能調適我也不能怎麼辦吧？如果他晚上出現，我打算把後面的行程都改掉，跟他在一起待在這兒，直到回國。」童雨馨接著說出了驚人之語，「如果沒有出現，我就按行程繼續去佛羅倫斯跟米蘭玩。」

手機那頭的姚姚張大了嘴，她好像說什麼都不太對……不過，小雨打算跟那個男人一起待到回國耶！多少是用了心。

「妳好像真的很喜歡他耶！」姚姚由衷地說，「那我要當那個煞車，妳別太投入了。」

她就是覺得童雨馨是被騙了，玩玩可以，但用情不行啊……可是，看她被騙得這麼幸福，好像旁人也沒資格置喙對吧？

「談戀愛時本來就該全身心投入啊，但我很清楚，這是只有五天的戀愛。」童雨馨說著看似理智的話語，不過滿眼都是蜜。

即使他總是突然出現、突然消失，可是每一次出現都是一種驚喜。

她也不想去問太多，只想享受被重視與被愛著的感覺，她跟他加上這個小鎮，只存在於這五天的愛戀。

五天或是十天，就看 Han 的選擇。

今晚如果他出現，她會認真地跟他告白，告訴她未來這幾天的行程規劃，只要他願意，他們可以一直留在這兒，直到她該回國……或是他該離開的那天。

她知道姚姚覺得這太瘋狂，這趟旅程已經失控，但是，她不想等也不想忍，只想隨著自己失控的心去飛。

只要 Han 也願意，她便無所畏懼，絕不後悔。

※　※　※

六點半的預約，在山頂的米其林餐廳，童雨馨一襲紫色洋裝，頭上梳了個典雅髮髻，插了根水晶髮簪，就站在纜車站外等候。

她想過很多次，關於見面的第一句話。

你來了？太俗氣。嗨，太平淡。

我想跟你在一起。她不想再浪費任何一分一秒，決定了開場語。

只可惜，這句話，她始終沒有說出口。

六點半她入座，一個人坐在位子上直到周遭的餐桌逐漸被人群填滿，歡聲笑語在四周響起。她主動跟服務人員表示收起另一份餐具，逕自點餐飲酒，一個人享受餐點。

直到華燈初上，夜幕降臨，她舉著酒杯在臉側，以小指從容抹去滑下的淚水，她知道他不會來了。

服務人員在用餐時遞給了她一束玫瑰，不是花束，沒有多餘的裝飾，僅僅將數枝玫瑰以緞帶束起，簡單但卻格外好看；餐廳人員表示這是無主花束，不知是誰遺留在餐廳外的小熊玩偶邊，並笑稱她是今晚最適合這束玫瑰的人，話說得很美，她知道這是他們的同情與安慰。

但沒關係，她接過了花道謝，她很喜歡。

心底抱持著那微小的奢望，直到夜晚十點，她再不下山便會無公車可回家，俯瞰貝爾加莫的萬家燈火，原本約好要一起欣賞的……呵，一切都結束了。

她沒有改變行程，隔天她前往米蘭，在離開前，她一直一直期待門鈴響起，或是在車站再看見那個挺拔的身影。

其實他的不現身，已經是答案。

終究是沒來得及說再見。

她在短短十天內失戀兩次，心碎了再被縫補起，傷口都還沒癒合，又碎了一地。

她按著規劃好的行程，隻身在義大利十天，最後坐上回臺的飛機時，或許因為隻身一人，回憶著過去種種，情緒再難控制，她竟從義大利一路哭回了臺灣，足足哭了十幾個小時，人都要脫水了。

回來後即使恢復上班，有朋友的陪伴與安慰，她還是當了一個月的行屍走肉，對任何東西都提不起興趣，吃不出美食的味道，也感受不到生活的忙碌，在咖啡機後日復一日地沖泡著咖啡，每次拉花，總想起那兩顆心的拿鐵，腦中不停響起《愛情靈藥》的旋律。

旅途中的愛情明明只是一時激情，不會有什麼負面回憶，只有熱吻、甜膩跟難忘……但正因為沒有結局，才讓一切變得更加難忘。

有時得不到的戀人如同死去的初戀，地位難以撼動的刻骨銘心。

直到陸希霖的聯繫，才召回了她的三魂七魄。

在義大利分手時，她就全面封鎖他了，所以他是透過姚姚聯繫上她的，姚姚幫忙轉達是因為她覺得畢竟曾論及婚嫁，婚紗照都拍了，還是該當面講清楚，況且童雨馨的物品還擱在他公寓裡。

童雨馨同意，雖然她已經不太記得這位前任的樣子，但他的出現讓她瞬間清醒，回到正常的生活軌道上。

陸希霖與她相約在當年他告白的那間咖啡廳裡，再次見面是她回國四個月後，童雨馨坐在熟悉的位子上，不覺莞爾，因為如果他們當初沒有分手，這個時候她已經是人妻了。

玻璃門開啟，走進了她最熟悉的男人，只是當童雨馨看著走進來的陸希霖時，突然發現自己已毫無感覺。

對！沒有愛也沒有恨，陸希霖對她來說已經像個陌生人。

那些原本以為的怒火與不甘都已不復在，事實上在貝爾加莫的那幾天，直到回台，她根本不在意這位前任帶給她的傷害，甚至忘記他們是為了什麼事吵架。

這瞬間，她釋懷了，原來他已經成了無關緊要的那個人，愛的相反從來不是恨，而是不在乎。

「妳鬧夠了沒？四個多月……妳還真可以都不跟我聯絡。」一坐下，陸希霖開口依舊帶著責難。

「都分手了，為什麼還需要聯絡？」童雨馨微笑以對。

服務人員拿著菜單走過來，她連忙伸手阻止。「我們五分鐘內會走。」

「什麼五分鐘，我們有很多事要談，妳記得嗎？本來我們上個月應該就結婚了，我沒想到妳居然封鎖我，還能撐這麼久……」他自顧自地唸著，「沒關係，婚禮延期的事我對外已經找藉口圓過去，但接下來該進行了吧！胡鬧要有限度！」

「我們已經分手了。」童雨馨二度打斷他的喋喋不休。

她說得非常嚴肅，眼神堅定到讓陸希霖直到此時此刻，才意識到她不是在鬧脾氣。

他像突然間被嚇到般，軟下語調與身段。

「不是，小雨……我們就只是吵架而已，又不是第一次因為吵架提分手，不是都說說而已嗎？我們交往四年，我都說過幾百次分手了……」

「就是我每次都縱容你的隨便說說，你才會動不動就把分手掛在嘴邊。」童雨馨冷冷地看著他，「都結束了，陸希霖，找一天我會去把我的東西拿回來，以後就不要再見了。」

陸希霖倒抽一口氣，怒火瞬間燒起，緊握雙拳還帶著顫音。「妳是不是有別人了？」

「對。」她回得自然，「再次提醒，我們都分手四個月了，你管得著？」

「幹！」他猛地站起身，把桌子整個往旁邊推，椅子向後踢倒，帶著髒話忿然離開。「根本婊子！」

她面前的水灑了一桌，還差點濺上她的衣服，童雨馨只是冷笑著，陸希霖的反應真是不意外，他一點兒都沒變。

她早就不期待他的改變了。

服務人員趕緊帶著抹布過來，童雨馨再三道歉，幫忙把桌椅扶正，就連分手，她還得幫那傢伙收拾爛攤子。

主打一個速戰速決，那個週末她帶著姚姚去取回自己放在陸希霖家的東西，果然被亂塞在一個箱子裡，還被破壞了一半以上；更不意外的，陸希霖要回了所有送她的奢侈品，還有一份 EXCEL 帳單，要她支付款項，還有賠償他付出的精神損失費。

說得好像她糟蹋了他四年似的。

「你是出來賣的嗎？如果是，你根本不值這個價格。」

她用這句打斷了他的計算公式，然後又換來一連串的髒話。

四年的一切都還是她人生中的一環，她謝謝所有他曾參與的每一刻，無論是好是壞；她更感謝決定婚前旅行，謝謝他的自私讓她幡然醒悟，更感謝回國後他的自我感覺良好，才喚回她失落的魂魄，不再每天以淚洗面的在泥沼裡掙扎。

她就此恢復精神，切斷過往，一切回到正軌；咖啡廳的同事們也都鬆了口氣，聽她分享在義大利的戀情，也終於再度看見活力的她。

她不是忘記Han，而是把那段回憶深埋在記憶中，與Han的那五日就像做了一場夢，而且是這輩子都不會後悔的激情時光。

「妳……還喜歡他嗎？」

今天來找她的姚姚坐在吧檯上，好奇地問著在咖啡機後忙碌的她。

「誰？」

「那個豔遇啊！」

「什麼豔遇啦，他叫Han！反正呢，他會是我這輩子最愛的男人。」童雨馨自然地說著，「因為太好、而且又沒結果，就更愛了。」

「哎唷！」

「妳別擔心我！就算我被騙、被耍，都無所謂，重點是那幾天是我到目前為止，最快樂又最開心的日子。」童雨馨邊說，又泛起了淡淡的笑容。

兩頰紅暈，她眉眼裡都是愉快的回憶。

她忙著手上的咖啡，仔細地拉花，同事小霞在旁高喊著「歡迎光臨」，引著一大票客人往角落的位子去；一大群人吱吱喳喳，還有一位身障人士，坐在輪椅上被推著往前走，小霞挪動桌椅，方便讓輪椅通行。

而輪椅上的人，瞟向了櫃檯，看見一隻正在迅速拉花的手。

「五杯拿鐵。」小霞剛點完餐，帶著疑惑走進內場。「那個……有客人要求拉花圖案耶！」

童雨馨挑了眉，「妳那什麼表情？有什麼圖案難得倒我的？雙愛心？海馬？有什麼我不會的！」

「說什麼要一隻蝴蝶停在花朵上。」

童雨馨手上的奶泡杯差點滑掉。

「對，我什麼圖案都能做喔！各種愛心、鬱金香、樹葉、天鵝……」

「是嗎？那……停在花上的蝴蝶怎麼樣？」

她瞬間抓住了小霞的手腕，身體緊繃著，聲音卻壓低了。「誰？哪一桌！」

小霞愣住了，看著壓抑著激動的童雨馨，戰戰兢兢地指向了角落。「那個坐在輪椅上的男人。」

咖啡廳最裡面的角落，有一桌五個人的客人，其中一位背對著他們，正是點特殊圖案的客人。

「小雨？」姚姚看出她蒼白的臉色，覺得奇怪。

童雨馨整個人都躲到咖啡機後面，她互絞的雙手正在發抖，必須努力深呼吸，才能壓下激動。

「小雨妳怎麼了？不舒服嗎？」小霞拿起單子給另一人，「我讓別人做好了。」

「不！」她啪的再度抽回單，「我來。」

什麼圖案的拉花都不是問題，除了……Han 提過的「蝴蝶停留在花上」！

她動作行雲流水地沖泡著咖啡，專注而認真，先完成其他四杯拉花，每杯各不相同，有多層愛心、有樹葉、有鬱金香……最後，她要挑戰的就是那「花與蝴蝶」！氣氛緊繃到內場的員工都不敢多說話，深怕不小心影響了她的作品。

與內場的緊繃相反，角落那桌客人正歡聲笑語！這桌客人有長輩、也有年輕男女，個個滿臉發光。

「不管怎樣，總算否極泰來了！」

「對啊，能團聚就已經很棒了！我不奢求其他事！」中年女人笑吟吟地望著對面的兒子，「博翰能醒來，我已經很感激上蒼了。」

父親緊握著妻子的手，眼裡也熱淚盈眶。

「哎呀！別這樣，我現在不是好好的嗎？」男子被這氣氛弄得尷尬，「怎麼我昏迷時你們也哭，我醒來了也哭？」

「你懂什麼啊，你不知道那幾個月大家是怎麼過的！」姊姊說著哽咽起來，「醫生說你已經是植物人時，媽當場就暈倒了。」

「而且我跟姊每天陪你說話，還唸那個人的 Instagram 給你聽，超辛苦的耶！每次都嘛邊唸邊哭！」弟弟也激起功來，「而且是我！是我發現你心跳加快的喔！所以我才跑去找醫生！」

「唉，我知道！都說幾百次了，重點是我、醒、了。」輪椅男子雙手一攤，「而且我現在復健良好，爭取今年就能站起來，恢復所有機能！」

一杯咖啡從旁放上了桌子。

大杯的拿鐵咖啡裡，有著一朵花、旁邊是展翅的蝴蝶，只是蝴蝶難以停在花朵上。

輪椅男子瞪大了眼睛，吃驚地看向咖啡杯裡的拉花，然後向右上方看去——身為咖啡師，童雨馨從未離開過內場，親自送咖啡出來，這是她第一次桌邊服務。

她現在用盡全身力氣，才不致讓自己尖叫出聲。

「對不起，我能弄出兩個圖案在一個杯中，但要讓蝴蝶停在花朵上真的有困難。」童雨馨站在桌旁，她不知道自己的聲音在發抖。

坐在輪椅上的男人看著她，幾分尷尬，聲音啞著。「對不起，我開玩笑的。」

童雨馨笑容凝在嘴角，有幾分的失落……是他？不是他？

長得是有點像……他高大又敏捷，精瘦健壯，不是這個坐在輪椅的身障人士！因為這個男人胖了許多，她是思念成疾了……所以上天才讓她遇到一個長得相像的人嗎？

「抱歉，他就是愛開玩笑！」媽媽趕緊打圓場，「他一直說這間咖啡廳的咖啡師很厲害，拉花一流……他之前天天來呢。」

是嗎？童雨馨絞著雙手，她一直都在機器後，從未注意到外面的客人，她只是一直專心地煮好咖啡而已。

童雨馨應該要回答謝謝您喜歡本店的咖啡，或是說請慢用，但她現在卻一個字都講不出來，晶瑩剔透的淚珠直接就往地上掉了。

咦、咦？一桌子人都傻了，氣氛頓時陷入尷尬。

「哎！對不起！對不起！」媽媽抽起桌上面紙，「翰！就跟你說不要亂開玩笑，你看！」

Han？童雨馨一顫身子，噙著一雙淚眼望向了輪椅上的男人。

坐在吧檯的姚姚當即跳下椅子，一路衝到童雨馨身邊。

「天哪，小雨，妳怎麼哭了！」姚姚抓著她的手臂，現在全咖啡店的視線都集中過來了。「喂！你們欺負她嗎？」

「沒有沒有！只是誤會……」姊姊連忙打著圓場，然後卻皺起眉。「等一下，妳……妳是那個 Rain0621 吧？」

嗯？童雨馨跟姚姚同時抬起頭，這可是她的 Instagram 帳號。

「對！對耶！是她！」弟弟跟著跳起來，激動地喊著。「爸！媽！就是她，哥是聽她的 Instagram 才有反應的！」

被宣判為植物人的哥哥躺在病床上，醫生說可以試著多聊天、說說有趣的事，搞不好病患聽得見，還能刺激大腦！結果他發現哥哥有一個小號只追蹤一個帳號，就是 Rain0621！那個女生每天會發一大堆限動，限動上方跟拉鍊一樣密，有一次他實在找不到話題講時，就拿 Rain0621 的限動來說。

從她規劃要去義大利開始，到抵達義大利的每天每篇限動，全都像講八卦般的說給哥哥聽，然後——哥的心跳加快，手指甚至顫動，連醫生都說腦部開始活躍了！

所以，他們根本是守著 Rain0621 的帳號，一有新的限動，立刻唸！

「妳就是那個 Rain0621？」媽媽突然上前，二話不說握住了童雨馨的手。「謝謝妳，是妳的旅行日記讓我兒子醒過來的！」

童雨馨完全愣住了，她不可思議地看著輪椅男子，他真的挺腫的，可是這個身高，如果瘦下來……可是聲音也不像啊，Han 的聲音極有磁性的！

不過他剛剛是用氣音，聲音很小，聽不清！

「醒過來是什麼意思？他之前是……生病嗎？」姚姚飛快抓住重點。

「車禍，我兒子成了植物人，原本我們都已經不抱希望……」

童雨馨倏地低首看向男人，「你說你討厭植物？」

「因為我是植物人。」

這個聲音！童雨馨內心大震顫。

是他！是他！那個聽了就會懷孕的嗓音——等等！等一下，這個太超現實了。

他之前一直躺在醫院裡？

「Han？」姚姚似乎也抓到重點，滿臉不可思議地喊了出來。

男人震驚得圓睜雙目，然後僵硬地點了點頭。

他也非常詫異，難不成那些夢是真的？

姚姚看著童雨馨，再看著輪椅上的傢伙，他是Han？植物人？那……那個在義大利跟小雨約會的傢伙是——這是怎麼辦到的！有病吧！

姚姚第一反應是拉著童雨馨就想先閃人，但是輪椅男子更快地拉住了童雨馨的手。

「我那天有去的，我總是不知道自己身在何處，都是突然出現，妳就在我面前！那晚我真的有去，妳穿著紫色的洋裝，頭髮盤起，還插著根髮簪！」輪椅男子緊緊扣著她的手，「我那天還帶了束玫瑰，朝著妳跑過去時我就……」

那天他真的在！

他一睜眼就在米其林餐廳附近，那一帶沒有花店，幸好有位老婆婆好心地將她花園裡的玫瑰剪下送他，不但小心剪除了尖刺，還繫上蝴蝶結，他感激涕零地謝謝老太太，拿著花衝向餐廳……只差十步！耳鳴再度響起，甚至傳來了呼喚聲與哭泣尖叫。

頭痛欲裂的他鬆了手，頓時像下墜一般掉入深淵，再度驚醒時，看見的卻是白色的天花板，還有……他的家人們。

嗶嗶聲是心跳儀器的聲響，嘈雜聲是醫生與家人的對話及觀察，還有父母與手足的呼喚，以及……他們唸著 Instagram 的聲音。

他像是做了一場很長很長的夢，跟平時的夢境一樣，人們總是不知道自己是從哪裡來，不知夢境的起點是哪兒？正因為跟隨著 Rain 的 Instagram，所以他知道她在哪兒、她想要什麼。

剛醒時他原本是記得一切的，但沒幾秒後卻一片空白，甚至連車禍都沒有印象；記憶是最近才慢慢恢復的，只是……他一直以為那只是場夢。

一場很美很美的夢，夢裡他跟一直在意的咖啡師在國外相遇，夢總是斷斷續續的；但她的笑、她的聲音、體溫，甚至連那醉人的吻他都記得一清二楚。

噢，更加不能忘了《愛情靈藥》的旋律。

直到她剛剛脫口而出「Han」時，他才意識到那可能不是思念過甚的夢，而是現實！

現場氣氛變得非常詭異，輪椅男子的親人、童雨馨的閨密都在思考這兩人究竟發生過什麼事？但姚姚的打擊程度絕對輾壓眾人，因為她是最清楚童雨馨在義大利發生什麼事的人耶！當時可是日更進度的，好嗎！

童雨馨看著輪椅男子握著她的手，再也止不住地顫抖，在這個瞬間，彷彿有股電流同時通過了他們兩個，她收緊了被握住的手，直接反握了對方。

「那件紫色洋裝我非常非常喜歡。」她強忍著哽咽說，「因為你說過喜歡我穿紫色。」

「那天妳也是穿紫色，就在……聖母聖殿裡。」他回憶著腦海中浮現的景象，「白色裙子，還拿著草帽。」

「我們第一次相見不是在馬路上嗎？」她莞爾。

輪椅男子抬起頭時，雙眼已紅，淚水在眼裡打著轉。「馬路那天我記不清了，但在聖母聖殿裡時，妳點燃蠟燭許了願。」

童雨馨的手中力道忽地緊收，用力握住了輪椅男子。「你也許願了嗎？」

他點了點頭。

兩個人四目相對，彷彿在交流著什麼，幾秒後是輪椅男子的大姊憋不住想開口時，他們卻又同時出聲——

「你不會是學著我……」

「我跟著妳許了一樣的願望。」

啊，童雨馨顫了身子，她知道一切是那麼不可思議、甚至毫無道理，但是——那都是真的！她再仔細打量著輪椅上的他，他們說他睡了很久，那就只是因為久病的浮腫跟變胖，但那五官跟聲音，都是Han。

他的突然出現與消失，是因為他根本……他是什麼？

「呃……」一旁觀者小霞，戰戰兢兢地吐出了個名詞。「Han是生靈嗎？」

「生靈？那是什麼東西！」姚姚激動得很。

「類似靈魂出竅那種？」小霞尷尬地解釋，「但看得見摸得著……」

「嗄？」

這邊還在困惑，但童雨馨不在乎那些了！

她直接握住了輪椅男子的手，努力地微笑著。

「我吹牛了，我才不是什麼圖案都能拉花，你說的那個太難了！」她忍不住嗚咽，「你讓我一個人哭著吃完米其林餐……」

「對不起、對不起！我只差幾步就到妳身邊了，我真的已經看見妳了！」輪椅男子……Han 用力拉過了她，將她扯到自己面前。「我甚至還帶著花……但我聽見我爸媽的叫喚，我就醒了。」

喂喂喂……姚姚翻了個白眼，主動鬆了手，現在她是多餘的嗎？

「那束花，我收到了喔。」

「咦？」Han 不明所以。

她抹去拚命滑落的淚水，抽抽噎噎道：「那些都不重要，你、你有情人或是老婆嗎？」

這個才是重點！

Han 失笑出聲，淚水早已悄悄淌下。「在我出車禍前，我每天、每天，都來這裡喝咖啡，偷偷看著在咖啡機後的妳。」

「我……我不知道……」

「我發現妳一有空就拍照滑手機，我查到妳的 Instagram，看著妳每天發的所有圖文，跟著妳一起期待義大利……然後我就出車禍了。」

過去天天追蹤她的喜怒哀樂，直到他成為植物人；但是當弟弟唸出她的

Instagram 文時卻產生了反應。

所以，當弟弟唸到她在市政塔上的限動時，他就出現在市政塔上了。

他的靈魂飛越萬里，在遙遠的義大利與她見了面。

一屋子的人丈二金剛摸不著頭腦，姚姚打了個寒顫，拉著身邊的小霞緊皺起眉。「這鬼他媽的！靈異現象啊。」

「是許願！」這句話，竟是這兩個人衝著她異口同聲吼出來的！

那天她在聖母聖殿裡，親自點燃蠟燭許下的願望……只是那天，她以為是為了她跟陸希霖許的。

「我希望能跟我的命中注定，愉快地在貝爾加莫度過每一天。」

在聖母聖殿裡那奢華的教堂中，她誠摯地許下了願望。

於是，他的靈魂跨越萬里，也到了一樣的地方、點燃同樣的蠟燭，許下同一個願望。

童雨馨淚眼矇矓，這一切是如此不可思議又難以解釋，但是，那五天的一切都是真實的。

「雖然妳哭起來很美，但是看見女孩哭泣，是會讓人難受的。」

那是他們第一次見面時說的話，她在市政塔的頂端，咬著手指不讓自己哭出聲的涕泗縱橫。

他伸長手，試圖抹去她臉頰上淚水，但坐在輪椅上的他辦不到，因此由童雨馨俯身……Han 先抹去她的淚，再熟悉地以勾起的食指指節，挑了她的鼻尖。

這讓她半哭半笑地看著他。

「關你什麼事！」那天，她也是這樣回的。

「如果妳是我女朋友，可能就關我的事了。」他認真地握住她的手，「如果可以的話，妳願意——」

「我願意。」

隔了近一萬公里、四個月，她還是等到了他，說出了她想說的話。

誰也不知道未來會怎樣，或許他們不會那麼契合，但是，現在這份悸動與喜愛是真實的，那就夠了。

「重新自我介紹一下，我叫童雨馨，Rain。」她懶得抹淚，伸出了手，哭紅眼鼻看起來卻水靈俏麗。

「我叫博翰，或許妳更習慣叫我 Han。」

從今天開始，那五天的旅行愛戀，正式延期！

# 牽牛花開的季節

／ 晨羽

人來人往的公司大廳，男人向池瑄希宣布他與她姊姊離婚的消息。

喝咖啡的池瑄希猛然抬眸，看著神情晦暗的他，問：「什麼時候？」

「前天。」鞏家禾斂下眼眸，話音低沉。「原來她還沒告訴妳。」

「我姊人呢？」

「我不知道。去戶政辦離婚後，我們就分開了。她要我別告訴岳父岳母，她自己會跟他們說，也不透露接下來會去哪。這兩天我都有聯繫她，但她手機關機，工作也辭了，我很擔心她，只好來問問妳。」

好一會兒，池瑄希聲音平板地回：「你若想問我姊可能會去哪裡，我回答不了你，你也知道我們其實不常聯絡吧？」

「我知道，但我想她說不定還是會聯絡妳。儘管妳們不常互動，她還是會跟我聊起妳，我認為她是真心疼愛妳這個妹妹。」他口氣篤定。

池瑄希放下咖啡杯，盯著杯子沉默。

「為什麼離婚？」她看著男人變得僵硬的面容，「是因為我姊不能生嗎？」

「不是，問題在我。」鞏家禾眉頭深鎖，沉重地坦言。「我背叛了妳姊姊，我在外面有了別人。我其實沒有想要走到這一步，但……」

「對方懷孕了吧？」

他一愣，「妳怎麼知道？」

「你跟我姊結婚的這十年，彼此父母沒有一天不在期盼第一個孫子的到來。你跟姊姊的感情一直不錯，你也向來維護姊姊，即使外遇，只要你有心挽回，我想她會原諒妳，但要是你們還是走到離婚，原因應該就只有這個了，而且我猜是我姊主動跟你提的吧？」

「對。」他點頭，眼角輕輕抽動。「敏兒甚至沒生氣，我向她坦白時，她還恭喜我，要我們盡快離婚，孩子正一天一天長大，不該拖下去，不然孩子跟孩子的母親都很可憐。她還替我把這件事告訴我父母，恭喜他們即將有孫子，兩天內就把自己的東西收好，乾淨俐落地走了。」

這話聽起來荒謬，池瑄希卻不太意外，這確實像是她所熟悉的池敏兒會有的反應。

她也相信姊姊不是故意諷刺公公婆婆，而是真的打從心底替他們高興，才會那樣祝賀他們。

「你爸媽怎麼說？」

「這……說來奇怪。敏兒告訴他們這件事後，我媽突然哭了，不是喜極而泣，而是因為難過。之前她不滿敏兒沒能懷孕，對她的態度一直不是很好，所以我以為她討厭敏兒，沒想到那天會出現那種反應。送走敏兒時，我爸給了她厚厚的紅包，我媽甚至也讓出她一直珍惜的金鐲子，全被敏兒拒絕了。她什麼都不要，一樣東西都不帶走，連一點恨意也不留給我。」

「因為她真的完全不恨你吧？你了解我姊的個性，她不容易抱怨，也不輕易去恨誰。你不用太擔心，我姊不是小孩子，會照顧好自己的。」

池瑄希的寬慰，沒有讓男人如釋重負，依然心事重重。

「妳不怪我嗎？」

她停頓，聲音不帶情緒。「這是你跟姊姊之間的事。若我姊不怪你，我也沒必要說什麼。但我想知道，你那樣做多久了？又為何那麼做？因為我總覺得你對我姊還是有感情的。」

翟家禾望著桌上幾乎沒喝的咖啡，眼神憂傷。「我確實還愛著敏兒，一切都是我的錯。對方是我同事，半年前進公司，我負責帶她，兩人越走越近，會彼此分享心事。有次我們到外地出差，喝了酒，她向我告白，結果我犯了錯……我承認我對她也有一些好感，才繼續跟她維持那樣的關係，直到她懷孕……」

「她還會繼續上班嗎？」

「不，她會辭去工作，今後專心照顧家裡跟孩子。」語落，男人訥訥道歉。「對不起，小希，我辜負妳的期望。」

「不用道歉，我的期望沒那麼重要。既然如此，今天就是我最後一次叫你姊夫了，以後你就好好照顧孩子跟那位對象，我會祝福你。你也別太掛念姊姊，我會幫你聯繫她，找到人後再通知你。」

「小希。」他叫了一聲，艱難啟口：「……我知道我現在這麼問，非常失禮，但我沒惡意，真的只是單純好奇。」

「你說。」

「妳跟敏兒從小一起長大，是否知道她曾經心儀過的對象？」

聞言，池瑄希定定看著他，面無表情回：「你是因為姊姊跟你離婚離得太乾脆，所以懷疑她在外面也有別人嗎？」

翟家禾黝黑的面容倏地泛紅，連忙澄清。「不是。我發誓，我從未懷疑敏兒，一次也沒有。只是在我思考她可能會去哪裡時，想起一段往事。幾年前，我偶然在家裡發現敏兒珍藏的一樣東西，是妳們小時候與一對兄弟站在種滿牽牛花的房子前的照片。敏兒告訴我，那對兄弟是妳們老家的鄰居，還說她曾想嫁給其中一人。」

池瑄希愣住。

捕捉到她的表情變化，翟家禾繼續說：「我很好奇對方是誰，但她沒跟我說，也沒再提過這對兄弟，讓我相信這個人在她心裡的地位，應該很重要。畢竟我所知道的敏兒，是個沒什麼執著心的人，她會在大學畢業後就嫁給我，跟我搬去高雄，也是為了擺脫家裡。那時候的她，就和現在離開我一樣，幾乎沒帶走什麼。當我想到那張照片，可能是她從老家唯一帶走的東西，還一路珍藏至今，心裡便不禁猜測，敏兒有沒有可能去找那對兄弟？也就是她過往傾心的對象。若是如此，我想妳應該知——」

「那是不可能的事！」池瑄希冷硬地打斷他。

「為什麼？」

「沒有為什麼，總之我姊不會去找他們。既然你們離婚了，為何還要在這時候追究這種事情？我不介意你可能覺得我姊灑脫到近乎薄情，但對於一個陪伴你整整十年的人，我希望你能給她多一點尊重。」

「對不起。」

翟家禾羞赧，識相地就此打住，半晌，他尷尬地說：「那……今天就先這樣，下週我還會來這附近洽公，到時可以再見面嗎？我拿我公司的新產品給妳。」

「不用了，下週我就不在這裡，所以你的好意我心領了。謝謝。」

「怎麼會？莫非妳要辭職了？為什麼？」

「理由跟你新對象的情況類似。」

「什麼意思？」

「我和已婚的主管交往，傳得眾所皆知，所以被資遣，但我沒懷孕。」

無視男人的怔忡目光，她將剩下的咖啡飲盡，雲淡風輕道：「若你接到我爸媽的電話，可以幫我隱瞞這件事嗎？要是他們發現你跟姊姊離婚，再得知我因為這個理由丟了工作，恐怕會氣出病。」

「好，我知道了。」他點頭，接著關心。「那妳接下來的工作有著落嗎？」

「還沒有，但有朋友會幫我介紹，在此之前我打算休息一陣子。謝謝你專程來通知我這件事，你好好保重。」

給他一個禮貌微笑，池瑄希就與他道別，起身離開。

「敏兒告訴我，那對兄弟是妳們老家的鄰居，還說她曾想嫁給其中一人。」

這句話徹底佔據池瑄希整日的心思。

回家的車程上，她撥打池敏兒的電話，發現對方關機。

她心神不寧，甚至有些焦慮，帶著沉重的步伐回到租屋處時，蹲在鐵門外的一道熟悉人影，讓她不安的心情瞬間消失無蹤。

「姊！」她情不自禁喊出聲。

蹲在行李箱旁一邊吃冰棒，一邊逗弄流浪貓的池敏兒，聞聲朝她看過來。在這種沒有風的炎熱天氣下，她不曉得已經待在那裡多久，瀏海跟上衣都被汗水浸濕，臉上笑靨如花，沒有一絲陰霾。

她站起來，開心地說：「小希，我來找妳了。妳家可以讓我借住一晚嗎？」

池瑄希沒回話，快步到她面前，劈頭問：「妳去哪裡了？手機為什麼不開機？」

「怎麼了？妳在找我嗎？」她好奇。

「姊夫今天來我公司，告訴我你們離婚了。他聯繫不上妳，所以很擔心。」

「什麼？他從高雄跑過來找妳呀？該不會我們離婚的原因也說了？」

「說了。他搞大小三的肚子。」

「齁，這個笨蛋，幹麼這麼老實！」

池敏兒兩手扠腰，一臉拿他沒轍，這時才回答她。「我怕媽會打過來，才先關機的。媽很喜歡跟家禾講電話，每次打來都要跟他聊幾句，我怕被她發現不對勁。但也瞞不了多久了，她跟爸原訂下週要去高雄找我們，所以我今晚就會告訴她。」

「妳確定？媽不會發飆嗎？」

「遲早都要發飆的，總比到時讓他們親眼看見那個家的女主人已經換人，當場氣暈過去好吧？先別說這個了，妳可以收留今晚無處可去的姊姊嗎？」她眨眨那對彷彿會說話的大眼睛，對妹妹撒嬌。

「妳都這樣說了，我有辦法說不嗎？」她無奈地從包包抽出鑰匙開門。

放好行李後，池敏兒聽妹妹的話先去洗澡，出來後，她檢查冰箱裡的食材，問她：「小希，妳還沒吃吧？晚餐我來煮好不好？」

她說好，這時手機有新訊息，是主管傳來的。

「小希，抱歉這兩天沒回妳，後天我過去找妳。」

望一眼姊姊的纖瘦身影，池瑄希動手回：「別來，我最近沒空。」訊息傳出去後，她把調成靜音的手機放在櫃子上，帶著換洗衣物跟浴巾進浴室。

洗掉一身的熱氣跟汗水後，她聽見姊姊在廚房裡哼歌，彷彿心情不錯，接著發現客廳的沙發上放著一疊衣物。

「小希，外面下雨了，我幫妳把陽台的衣服收進來，差不多都乾了，妳自己再摺起來吧。」池敏兒頭也不回提醒她。

「嗯，謝謝……」池瑄希走過去，在那疊衣物中看見幾件男性貼身衣物時，面色微微一僵。

池敏兒收衣服時，一定也看見這些衣服，卻什麼也沒問她。

把衣服拿進房間摺好，男人的衣服另外收進袋子，放到衣櫃角落，她回到客廳，池敏兒已經煮好兩份配菜豐富的牛肉咖哩飯，和一鍋白菜豆腐湯。

「我們上次一起吃飯是多久以前的事，妳記得嗎？」池敏兒在餐桌上問。

池瑄希回想一下，搖搖頭。「不太記得了。」

「是三年前。我來臺北探望坐月子的大學同學，順便看看妳，我們出去吃了拉麵。」觀察著她的臉，池敏兒關心。「妳有沒有好好吃飯？看妳的臉都凹進去了！」

「哪有這麼誇張？姊妳才瘦了吧？而且臉上皺紋變得有點明顯。」

「亂講！我才32歲，哪來的皺紋？」她叫出來。

嚥下嘴裡的咖哩飯，池瑄希話鋒一轉。「我剛才已經通知姊夫，說妳沒事。妳再跟他報平安，別讓他擔心。」

「知道了。」她的視線落向電視裡的颱風預報，低語：「看這路徑真的會直撲臺灣，希望颱風別來得太快。」

池瑄希看她一眼，問：「妳打算回臺中嗎？」

「妳是指回去跟爸媽住？當然沒有。我搬回去的話，日子就不得安寧了。」

「那妳要去哪裡？繼續待在高雄？」

她聳肩，「我還沒決定。雖然我不會回老家，但接下來會瞞著爸媽回一趟臺中。」

「為什麼？」

「牽牛花開的季節到了，我想回去看看。」

她對上妹妹的眼睛，和煦笑意在唇邊漾開。「聽說，小時候我們常去的那棟牽牛花屋被買走了，最快下個月會拆除，我想回去再看一眼，當作是旅行的一部分。」

池瑄希思緒一滯，「什麼旅行？」

「我曾經讀過一篇文章，英國一對生病的七十歲老夫妻，在餘生給自己辦一場浪漫的回憶之旅，攜手到彼此人生中具有意義的地方，並在那裡分享回憶。以十年的年齡起跳，十幾歲時的他們，最難忘的地方分別是哪裡，就帶著對方到那裡旅行，然後是二十歲、三十歲……一路玩到七十歲。我喜歡這個點子，想過將來跟家禾一起玩，可惜沒機會了。我現在打算自己玩一次，作為展開全新人生的充電之旅。」

放在桌上的手機這時響起，池敏兒看一眼後說：「媽打來的，我去陽台講。」接著就拿起手機離開。

池瑄希繼續呆坐不動，腦海裡全是姊姊說的話。

十五分鐘後，對方神情自若地回來了，池瑄希好奇地問：「怎麼樣？」

「不出所料，媽氣炸了，她把我臭罵一頓，最後掛我電話。」她從容用餐，一點也不像是被罵的樣子。

「妳怎麼跟她說？」

「就說我離婚啦，她怪我沒跟他們商量就做出這個決定，並咬定是我不認真備孕，婆家才氣得不要我，逼我再去跟家禾談，求我公公婆婆原諒，否則她跟爸明天就要去高雄，我只好坦言家禾有了新妻子，第一個孩子明年就會出生，結果媽過好久都沒說話，應該是傻了。」

「然後呢？」

「她罵得更兇，還氣到哭了。妳猜，她掛電話前跟我說了什麼？」

池瑄希幾乎不用猜，不假思索回：「都是因為妳不生，姊夫才跑出去跟別人生！」

「答對了，她還說這是我的報應。老媽真的好冷酷，還以為她會稍微替我打抱不平。看她這樣，也不必期待老爸會可憐我了，畢竟他們的想法差不多。爸媽應該會有很長一段時間不跟我聯絡，若他們問妳，妳就裝不知情，免得被遷怒。」

「嗯。」她低應。

為了讓辛苦工作一天的妹妹睡得舒適，這晚池敏兒堅持打地鋪，沒有商量的餘地。

然而池瑄希還是失眠了，她凝視姊姊的睡顏許久，視線回到天花板。

「希望颱風別來得太快。」

「牽牛花開的季節到了，我想回去看看。」

伸手抹去流下眼角的溫熱淚水，她在心裡做了一個決定。

隔天池敏兒幫她準備豐盛的早餐，還打了一瓶新鮮營養的綠拿鐵，讓她帶去公司。

「姊，妳安排的旅行，從什麼時候開始？」她問。

「今天。離婚的那天，我其實就已經規劃得差不多，本來打算昨天啟程，可我突然想先過來看看妳，就延遲一天。怎麼了嗎？」

「我可以參與嗎？」

池敏兒意外，「妳想跟我去旅行？」

「嗯。」

「為什麼？」

「因為我也想再去看一眼牽牛花屋。」她聲音乾澀，「抱歉，臨時這麼說，若姊覺得困擾……」

「怎麼可能困擾？能和妳一塊旅行，我高興都來不及！可是妳不是要上班？」

「我離職了，今天其實是我最後一天上班，所以妳能再延一日嗎？關於這個旅行，我有個想法，等我晚上回來，再一起擬定這趟回憶之旅。」

池敏兒沒問她為何離職，高興地一口答應，臉上洋溢的喜悅笑容，刺痛了池瑄希的心。

因為她知道，這或許是姊妹倆的最後一次旅行。

等到旅程結束，姊姊就一定不會再對她這麼笑了。

※　※　※

晚上規劃旅程時，池瑄希提議將原版的回憶之旅做個修改，以幼兒園、小學、國中、高中、大學為站點，最後再以出社會後的她們決定的地方，作為旅途的終點站，考量到即將到來的颱風，範圍僅限臺灣本島。

決定好會去的城市，實際地點會保密到當天，由雙方各自公布。

回憶之旅第一站，幼兒園站

地點：基隆市

提著行囊的兩人一踏出基隆火車站，池瑄希就告訴身旁的姊姊：「我已經知道妳要去哪裡了。」

「畢竟也只有那裡了吧？」

「的確是。」

其實她們沒上過幼兒園，對學齡前的事更沒什麼印象，卻有一個地方從那個時期就存在她們的記憶裡，就是這座城市裡最大的一間麥當勞。

池瑄希七歲前是跟著家人住在基隆的爺爺奶奶家，那時她最期待的事，就是讓爸爸開車載她跟姊姊去市區最大間的麥當勞，在那裡吃她最喜歡的蛋捲冰淇淋，還有薯條跟炸雞塊。

二十年後，那間麥當勞已經熄燈，她們只好去另一間。兩人坐在窗邊，吃著蛋捲冰淇淋、雞塊跟薯條時，不約而同笑了。

「為了吃麥當勞大老遠跑來這，好荒謬。」池瑄希說。

「不會呀，很有趣。我好幾年沒來基隆，要不是因為這次旅行，也不知道何時會再來。妳要順便去奶奶家看看嗎？」

「那裡現在是二叔在住吧？我不怎麼擅長跟他相處，可以不要嗎？」

「好吧，其實我也不怎麼想見到他。若二叔看到我，八成也是嘮叨我怎麼還不生小孩。」爽快地打消念頭後，池敏兒好奇確認。「所以妳也跟我一樣，第一站選的地方是這邊的麥當勞？」

「嗯。」

「OK！雖然原來的那間沒了，但還是可以分享回憶，我先說吧。大概是妳出生的那年，我在那裡尿過褲子，我甚至還抓著被尿沾濕的內褲和褲子，光著屁股衝出廁所，大聲告訴爸爸媽媽，整間店都聽到了，害他們超丟臉。」

想像著那畫面，池瑄希忍俊不禁。「我沒有妳那麼精采的事蹟，只依稀記得有一次我把可樂潑到剛買的新衣服上，媽氣到用力捏我，我痛得哇哇大哭，哭到爸不耐煩，放聲威脅我，再不閉嘴就要把我丟下來，讓我很害怕。」

「爸媽他們有找妳嗎？」

「早上妳去超商買東西，媽有打給我，問我知不知道妳離婚的事，我否認了。她一直罵妳，就是沒罵姊夫，就在我感覺她準備遷怒到我身上時，我跟她說上班要遲到了，然後掛斷。媽很愛掛我們電話，卻不能忍受我們掛她電話，所以之後她傳訊息來，說沒有我跟妳這兩個女兒。」

「妳當下是不是覺得鬆一口氣，暫時不用再聽她嘮叨了？」

「沒錯。」

兩人又同時笑了起來。

隨著述說往事，更多被遺忘的回憶也一幕幕湧現，讓兩人在麥當勞裡說的話，比過去幾年都要多。

由於池敏兒的下一站還是在基隆，因此兩人原訂吃完麥當勞，就前往下一個目的地，孰料碰上影響交通的大雨。眼看雨遲遲不停，她們先到今晚留宿的旅館，等雨停再出發，結果一等就等到天黑。

為了在最佳狀態下完成旅行，兩人同意將下一個行程延到隔天，接著前往夜市覓食，結束旅程的第一站。

回憶之旅第二站，小學站

地點：基隆市，臺中市

發現姊姊選的地方是她轉學前讀的學校，池瑄希可以理解，畢竟她在這裡讀到五年級，這個時期的回憶自然是最多的。

儘管天氣放晴，卻碰上暑假，學校大門深鎖，她們只能站在門口觀望。

「妳在這裡的難忘回憶是什麼？」池瑄希問。

「三年級的時候，班上有一個家境不好的女同學，我跟她很要好。她生日那天，我準備了一個禮物要送她，滿心期待等她來，她卻沒來學校。當天下午，我從老師口中得知她不在人世了。」

池瑄希意外，「她發生什麼事？」

「她的父母不堪經濟壓力，帶著她和弟弟在家中燒炭自殺，一家四口全走了。」

發現池瑄希突然不語，她看她。「怎麼了？」

「沒有……只是我沒想到是這麼悲傷的回憶，我從沒聽妳說過。」

池敏兒莞爾一笑，「難忘的回憶，當然也會包括悲傷的回憶。不過我開心的回憶也很多的。比如五年級的時候，我曾在一天內收到七個男同學的告白。厲不厲害？」

「七個？真的假的？」

「真的呀，我轉學前，老師讓每一位同學寫卡片給我，結果我就收到七張充滿愛意的告白卡片。那時我才知道，原來班上有這麼多男生喜歡我！」她動手撥了一下頭髮，滿臉驕傲。

「妳當時有喜歡的男生嗎？」

「沒有，妳老姊我雖然從小就受歡迎，卻開竅得晚，到大學三年級才初戀，是不是很遜？」

「是姊夫嗎？」

「不是。」池敏兒搖頭，反問她：「那妳的初戀在什麼時候？」

「國三。」

「看吧，小希妳都比我早熟！」她拍拍她的肩膀，笑得滿足。「謝謝妳陪我回顧那段往事，有人分享回憶的感覺果然很好，接下來換我陪妳回憶小學時光。走吧，一起回臺中。」

這日的氣象預報顯示，颱風會在三天後登陸臺灣。

為了不碰上比颱風更可怕的風暴，她們回臺中的期間，會繼續住旅館，避免被父母發現。

回臺中第一天，池瑄希在太陽下山前，跟姊姊前往她的回憶之地——每到夏季就會開滿牽牛花的平房，她們稱之為「牽牛花屋」。

牽牛花屋和她們老家僅有一條街的距離，過去是一位老榮民居住，對方去世後，就有老榮民的鬼魂在那裡流連的傳聞，因此沒有小孩敢輕易靠近。

她們高中畢業後就離家求學，過年才會返鄉，出社會也不例外。

這次舊地重遊，看著滿滿的紫色牽牛花在眼前盛開的美景，兩人一時半刻沒說話。

「跟記憶中的一樣，好懷念的景色。」池敏兒唇角牽起，「讓我猜猜看，妳難忘的小學回憶，是在這裡跟兆恩一起玩耍的時光吧？」

「嗯，包括我們『四個人』初次一起來這裡的時候。」池瑄希回答。

11歲的池敏兒和7歲的池瑄希，搬來臺中的第一天，就認識同樣相差四歲的鄒家兄弟：12歲的鄒兆暉，8歲的鄒兆恩。

他們很快就混熟，鄒兆暉當天就帶著兩姊妹到牽牛花屋玩，表示這裡不會有其他小孩來，算是他們的祕密基地。

「為什麼其他小孩不會來？」當時池敏兒好奇問。

「我告訴他們這裡鬧鬼，他們就不敢來了！」

「這裡有鬼嗎？」池瑄希嚇得抓緊姊姊的手。

「哈哈，我是騙他們的。這裡之前是一位榮民伯伯在住，他的臉上有一塊很大的疤，所以他們很怕他，還說伯伯是怪物。但伯伯其實人很好，會請我跟弟弟吃點心，還搭建鞦韆跟蹺蹺板給我們玩。去年伯伯過世後，那些人想跑來玩，我說我看見伯伯的鬼魂在這裡出沒，他們就不敢靠近了。那些一直欺負伯伯的傢伙，沒資格來這裡玩。哼！」男孩振振有辭。

讓姊妹倆加入後，那棟牽牛花屋就變成他們專屬的遊樂場，四人常常在那裡遊戲。在牽牛花盛開的日子，每天都有他們的笑聲。

這樣的時光在鄒兆暉跟池敏兒都上國中後出現變化，他們不再熱衷於小孩子的遊戲，也不再去牽牛花屋，池瑄希跟鄒兆恩因此讓其他小孩加入行列，就算哥哥姊姊不再過去，兩人也不覺得孤單。

由於每天一起上學，放學後跟週末也會到牽牛花屋嬉戲，池瑄希跟鄒兆恩相處的時間比家人還要多。她能夠擁有愉快的小學生活，鄒兆恩佔有極大的因素。在最純真美好的歲月，都有他的存在。

這個男孩對她具有怎樣的意義，當時的池瑄希還未能知曉。

「應該都是開心的回憶吧？」池敏兒問。

「是啊，在我人生當中，已經不會有比小學時更快樂的時期。」

池敏兒被她逗笑，伸手摸摸她的頭。「喂，妳才幾歲呀？想法怎麼這麼悲觀呢？即使我們長大了，變得不再單純，還是可以創造出很多快樂回憶的！」

望著眼前的牽牛花海，池瑄希的舌尖嚐到一絲苦澀。

「姊，關於這次旅行，我有個請求。」

「什麼請求？」

「從下一站開始，到旅程的最後一站，當我對妳分享我的回憶，我希望妳什麼都不要問我，我也暫時什麼都不會再問妳；如果妳聽完我的回憶後有話想說，也請等到最後一天再告訴我。要是妳等不了那天，或是無法再跟我旅行，決定提前結束，也沒有問題，妳有隨時停止的權利。」

一會兒後，池敏兒答應了她。「好，我知道了。不過，當我分享我的回憶，妳有話想說，還是能直接問我，這是身為妹妹的妳可以有的權利。」

眨眨有些發燙的眼睛，池瑄希啞聲回：「謝謝。」

回憶之旅第三站，國中站

地點：臺中市

看完牽牛花屋的隔日，她們來到池敏兒就讀的國中。

學校對面有一間老字號炸雞店，兩人在那裡吃午餐。

「這裡是我人生第一次被潑可樂的地方。」

咬下香嫩多汁的炸雞，池敏兒口齒不清道：「那年我國二，潑我可樂的人是我的第三任男友。他看到我跟他討厭的男生打招呼，氣到跟我大吵，把可樂潑在我身上後人就跑了。當時店裡都是學生，每個人都在看我。」

「妳當下一定不是覺得丟臉。」池瑄希肯定道。

「哈哈哈，對，我覺得很新奇。電視劇上常演的一幕，居然能在現實生活中體驗一次，這讓我感到很興奮。後來跟鄒兆暉分享，他笑我神經病，但我當時真的覺得很有趣！這件事給我的印象實在太深，只要想起國中時的回憶，就一定會有這個！」她笑個不停。

國中時期的池敏兒，已經是眾人眼中的怪胎。

除了總是不按常理出牌，說出令人難以理解的話，池敏兒還有顯著的叛逆因子。碰到她想做，大人卻不允許的事，她會先斬後奏，常讓控制欲強的父母氣得抓狂。

由於太喜歡忤逆父母，縱使池敏兒在外面人見人愛，是鄰居們疼愛的對象，她在家裡還是最常被罵的那一個。儘管想法異於常人，池敏兒姣好的外貌、聰穎的腦袋，以及海派直爽的個性，仍使她受到同性跟異性的歡迎，上國中，她馬上交到男朋友，卻不到一個月就分手，下學期又交一個，同樣維持不久。

「妳說妳到大三才初戀，表示妳以前並非真心喜歡那些對象，這就是妳每段戀情都短命的原因？」池瑄希餐點沒吃多少，吃了一塊炸雞，就把剩下的都給了姊姊。

「對啊。我心裡喜歡他們，可不是他們想要的那種喜歡。跟第一任分手後，我跟後面的對象說過這件事，他們都覺得沒關係，結果還是以失敗告終。我當時也希望可以和他們順利交往下去，可惜就是沒辦法。第三任的可樂也不是白潑的，那次之後我就不再那麼做，決定以後一定只跟真正心動的對象交往。」

「結果妳七年後才遇見這樣的對象？」

「呵呵，沒錯。雖然中間有過不少曖昧對象，但都沒能走到那一步，我還曾經以為我會孤老終身。」

見池瑄希沉思不語，她好奇。「怎麼了？小希，妳在想什麼？」

「沒什麼。」輕輕搖頭，池瑄希淡淡說：「姊，下午我們回旅館吧。」

「為什麼？妳不打算繼續行程？是不是累了？還是妳哪裡不舒服？」

「沒有，我很好。只是這一站我選的地點，是在我們家。爸媽應該在，別冒險比較好。」

「是喔？好吧，我記得旅館隔壁有一間漂亮的咖啡廳，不然我們去那裡？」

「好。」

池敏兒快速吃下最後一塊炸雞，笑盈盈道：「照這個進度，我們明天應該就能走完高中站，感覺很快對吧？希望能在颱風抵達前，完成最後一站。」

「是啊。」池瑄希用只有自己聽得見的音量回答。

希望颱風可以來得慢一點。

下午走進咖啡廳，空位很多，她們挑了適合安靜說話的窗邊座位。

兩人咖啡喝完一半，點心也吃完一份，池瑄希都還沒說出自己的國中回憶。

池敏兒也不催促，若無其事聊著其他話題，耐心等待她開口。

與記憶裡重疊的雷聲轟隆作響時，池瑄希心頭一震，轉頭望向不知何時變得灰濛濛的天空。因為恐懼而想放棄的念頭，這一刻漸漸散去，彷彿冥冥之中有人推她一把，要她別退縮。

當她轉回視線，發現姊姊也在看她，彷彿知道她已經準備好了。

池瑄希心跳加速，握緊微微滲汗的手，開口：「我國中時最難忘的回憶……發生在爸媽房間。」

「爸媽房間？」

「嗯。」

在對方筆直的注視下，她緩緩說出了那個祕密。

那是發生在池瑄希國一的事。

某個父母不在的週末，池瑄希和鄒兆恩跟著其他鄰居好友們在家裡玩遊戲機，玩到一半想上廁所，但一樓的馬桶故障，她便上去二樓，使用父母房間的。

走出廁所後，外頭陡然響起的巨大雷聲，嚇了她一大跳。強風吹得窗戶陣陣作響，猜到可能會下大雨，她走上前要關窗，就剛好看見了那一幕。

從這扇窗往對面看出去，正好對上鄒兆暉房間裡的窗戶。

對方沒完全拉上窗簾，燈也沒開，但透過外頭的天光，池瑄希仍清楚看見姊姊出現在那裡。

池敏兒跟鄒兆暉兩人單獨在房間，她似乎對著坐在床上的他說話，嘴巴一開一闔，池瑄希無法聽見他們在聊什麼，也看不清他們的表情。

沒多久，池敏兒動手將自己身上的衣服一件件脫去。

等到她幾乎一絲不掛，鄒兆暉起身靠近她，跟她接吻，兩人緊緊相擁。

池瑄希猛然拉上窗簾，不敢再看下去，她蹲在地上，心臟劇烈跳動。

姊姊跟鄒兆暉？他們兩個怎麼會做那種事？難道他們在交往？

受到衝擊的池瑄希，遲遲忘不了那一幕，更不敢告訴任何人。

幾天後，她在房裡寫作業，放學回來的池敏兒走到她身邊，把一朵紫色牽牛花放到她桌上。

「我剛剛經過牽牛花屋，那裡的花都開了，摘一朵回來給妳。妳跟兆恩現在還有再去那邊玩嗎？」

「當然沒有，我們都上國中了！」

「你們都長大了，我也是上國中後就不再過去玩了。記得以前在那裡玩扮家家酒，我跟鄒兆暉有幫妳跟兆恩兩人辦過一場牽牛花婚禮，超可愛的。但是妳後來告訴我，妳比較想跟兆暉哥哥結婚，因為兆恩個子太矮，一點也不像新郎。哈哈哈！」

池瑄希臉頰發熱，嚷道：「我那是隨便說說，又不是真的！」

「是喔？那妳現在比較想嫁給哪一個？」

「我才沒有，姊姊妳不要亂講！」

「好，我不講了，不要生氣。」池敏兒被她惱羞的反應逗得大笑，回到自己的書桌前放書包，換下身上的制服。

盯著桌上的牽牛花，池瑄希猶疑片刻，轉頭望向對方。

「姊姊，妳有男朋友嗎？」

「沒有呀。」

「真的？」

「當然是真的。」

池瑄希愣了一愣，「那……妳有喜歡的男生嗎？」

「我也沒有喜歡的男生。怎麼了？為什麼突然這樣問我？」她好奇回頭，眼睛一亮。「莫非妳有喜歡的男孩子了？」

「沒有，我只是隨便問問！」

池瑄希一秒否認，把視線拉回作業上。

換好便服的池敏兒走過去，摸摸她的頭。「如果小希妳有了喜歡的對象，可以偷偷告訴我，姊姊會幫妳保密的！」語畢，她笑嘻嘻地離開房間。

池瑄希心下一片茫然。

她不明白姊姊在想什麼，也不覺得姊姊對她撒謊。

如果池敏兒沒有跟鄒兆暉交往，也沒有喜歡他，為什麼還會跟他做那種事？

那是池瑄希第一次對姊姊產生陌生的情緒，也是第一次覺得與她之間有了隔閡。

※　※　※

明明打了雷，天空最後卻沒下雨，如同當年撞見姊姊祕密的那一日。

兩人從咖啡廳回到旅館時，池瑄希告訴姊姊，她多訂了一間房，今明兩天她會睡在隔壁。

池敏兒沒問她為何這麼做，更沒有露出一絲不悅，微笑同意。「好，那我們先各自歇息，五點半在一樓見，一起去吃晚餐。」

池瑄希答應了，將自己的行李搬到另一個房間。

她坐在床邊，打開電視，留意著颱風的動向，思緒卻是越飄越遠。

良久，她從包包裡拿出一只精緻的小盒子，裡面裝著一條白色牽牛花的造型吊飾，她靜靜地凝視。

「當我跟妳分享我的回憶，我希望妳什麼都不要問我。」

昨日在牽牛花屋前，池敏兒答應她的請求，並說到做到。

聽完她的那段回憶，池敏兒真的什麼也沒問，更沒表現出想解釋的樣子，一路默默聽到最後。事後態度不僅不變，對她臨時更換房間的決定，也是欣然接受，無條件包容一切，像是個溺愛著妹妹的姊姊。

她不知道姊姊現在心裡正想些什麼，也不敢認真去想。

過了明天，這個旅程應該就會畫上句點了。

回憶之旅第四站，高中站

地點：臺中市

這一站，池敏兒選擇的是牽牛花屋，於是兩人又回到那裡。

「我高中回憶選這裡，是因為小牽牛。」她說。

小牽牛是鄒家以前飼養的米克斯犬。

見到鄒家兄弟的第一天，鄒兆恩手裡就抱著還是幼犬的小牽牛。鄒兆恩在牽牛花屋附近撿到牠，為牠取這個名字，去哪都會帶著牠。每次來牽牛花屋，小牽牛都會跟在身旁，四人非常疼愛牠，將牠視為重要的夥伴。

池敏兒高三、池瑄希國二那年，小牽牛因病過世，在臺北讀書的鄒兆暉還回來送牠最後一程，三人都為小牽牛流下不捨的眼淚，唯獨池敏兒一滴眼淚也沒流，讓池瑄希以為她並不難過，在心裡生她的氣。

在池瑄希的記憶裡，她幾乎沒看過姊姊哭。不管受到父母多嚴厲的責罰，或是聽聞多悲傷的事，池敏兒都不輕易哭泣，堅強到讓池瑄希一度覺得她近乎冷酷。

然而有一個人，卻親眼見過池敏兒傷心流淚的模樣。

「小牽牛過世之後，我們四人把小牽牛的骨灰撒在這裡，聊著跟小牽牛的回憶。那時鄒兆暉還拿啤酒來，給我們這些未成年的喝。真是壞透了！」池敏兒說著當年的回憶。

回憶著那幕情景，池瑄希說：「但妳還是喝了，而且還喝醉，回家被爸打了一頓。」

「還不是因為鄒兆暉說喝酒可以解愁，我才試試看是不是真的，結果根本沒有，我明明就越喝越難過。那個大騙子！」

「妳曾為小牽牛哭過一次嗎？」

之前池敏兒允許她發問，因此她便問出口。

「有啊，就一次。」她點點頭，「但與其說我是為了小牽牛哭，不如說我是因為兆恩才會哭的。」

聞言，池瑄希入定，看著池敏兒朝壞掉的鞦韆走去，目光停在那裡，用平靜的語調娓娓道出一段回憶。

「小牽牛離開的一週後，我出去買東西，看見兆恩似乎往牽牛花屋的方向走。之後我越想越在意，也有些擔心，就決定過來看看，結果發現兆恩獨自一人坐在鞦韆上。當我看到他紅著眼睛，因為思念小牽牛而低落憔悴的樣子，就忍不住哭了。」

「為什麼？」她聲音微啞。

伸手觸摸鞦韆的鎖鏈，池敏兒回答：「前天和妳分享的那位因父母燒炭而離世的小學同學，當年得知她出事，我也沒哭，是直到在葬禮上看見她傷心欲絕的爺爺奶奶，才跟著哭泣。後來我發現，比起逝去的人，我似乎更容易為『被留下來的人』哭泣；不知道為什麼，只要見到那樣的人，我心裡就會感到很強烈的悲傷，所以看著同樣被留下的兆恩，我難過的心情比我失去小牽牛還深。小希妳當年沒看到我為小牽牛哭泣，應該會不高興，覺得我很冷血吧？」

池瑄希沒否認，喉嚨乾澀。「若妳願意主動跟我解釋，我或許就不會這麼想了。」

「是呀，可我那時偏偏難以啟齒，尤其是對妳。總覺得不管怎麼解釋，都不容易讓妳理解，也改變不了我在妳心裡就是冷酷之人的事實，畢竟連我都覺得自己很奇怪。」她唇角輕勾，繼續凝視著鞦韆。「總之，當年我就在這裡陪著兆恩一起哭了很久。怕你們擔心，兆恩要我別告訴妳跟兆暉，我就沒讓你們知道這件事了。」

良久，池瑄希才再次聽見自己的聲音。

「那麼，那個時候呢？」

「什麼？」

「兆恩過世的時候。」她緊盯著對方的面容，「當年在他的告別式上，姊妳哭了。照妳的說法，那時候的妳，難道不是因為失去兆恩，讓妳痛不欲生，所以才哭泣的嗎？」

池敏兒靜靜與她對視，緩步回到她面前，溫聲開口。「小希，妳這個問題，我在下一站回答妳好嗎？現在我們……」

池瑄希猛然抓住她的手腕。

「下一站我選的地方，也是這裡。」她眼眶微紅，顫聲說：「我現在將我的回憶告訴妳。」

※　※　※

池瑄希確定自己喜歡上鄒兆恩，是在高一的時候。

明明年長她一歲，鄒兆恩卻不僅個子比她矮小，連膽子都比她小，因此很長一段時間，池瑄希幾乎把她當弟弟看，不曾意識到他是一個哥哥，甚至是一個異性。

這樣的鄒兆恩在升上高中後，身子急速抽高，很快就超越池瑄希，五官也變得更立體，身體一天比一天強壯，再也不是過去弱不禁風，需要她保護的小男生。

看到最熟悉的男孩，一下子蛻變成一個成熟少年，池瑄希一度覺得無所適從，有時看見他，心裡還會出現前所未有的陌生感受，這份無以名狀的躁動心情，隨著男孩受到更多女孩關注，變得越發強烈。

池瑄希有個同齡的鄰居好友叫小魚，兩人都跟鄒兆恩讀同一所高中，偶爾有女孩子託她們轉交情書給男孩。

「妳瞧，我今天收到這麼多，超誇張的。妳有收到嗎？」放學回家的路上，小魚拿出四封要給男孩的情書給她看。

「有，我收到兩封。」池瑄希豎起兩根手指。

「傻眼耶，什麼年代了？還有人寫情書！」

「沒辦法，這陣子就突然重新流行寫這玩意，才一堆人跟風。」

「不管啦，現在要怎麼辦？我昨天才被鄒兆恩唸，再把這些拿給他，他鐵定又發脾氣，可我又不好意思拒絕那些人！」小魚無奈嚷嚷，看著那些情書不無感慨。「沒想到鄒兆恩會變得這麼受歡迎，但也不難理解啦，他真的在上高中後突然變得很帥，也越來越有男子氣概，跟小時候差好多。要不是跟他太熟，我搞不好也會心動，小希妳跟我一樣吧？」

「這……」

池瑄希遲疑的反應，讓小魚嗅到八卦的味道，當場停下腳步，吃驚問：「妳不會也喜歡上鄒兆恩了吧？」

「應該沒有啦。」

「什麼叫應該？到底有還是沒有？」

「我也搞不清楚，只是從去年開始，我有時看到他，就會莫名地緊張跟不自在，也不太敢直視他的眼睛，不曉得怎麼像以前一樣相處……」她囁嚅坦承。

小魚好氣又好笑，「這就表示妳真正意識到他是個男生，對他產生不同以往的想法，所以才會緊張，這就是戀愛的前兆啊！難道妳不知道？」

「我擔心這是誤會，我只是一時適應不了他的轉變，才會這樣。」

「天啊，小希妳真是遲鈍，妳這樣很明顯就是喜歡上鄒兆恩了。明明去年就對他有感覺，居然到現在才弄明白！」

看著瞬間啞口無言，滿臉通紅的池瑄希，小魚向她伸手。「把妳今天收到的情書給我。」

交給她後，小魚當場撕掉今日收到的六封情書，丟進路邊的垃圾桶。池瑄希大驚，「妳幹嘛？」

「拜託，我怎麼可能在知道妳的心意後，還繼續幫她們送情書給鄒兆恩？當然會站在妳這一邊！」小魚展現十足的義氣，接著興沖沖問她：「鄒兆恩有沒有跟妳聊過戀愛之類的話題？他有沒有喜歡的女生？或是覺得哪個女生不錯。」

「他一次也沒跟我聊過。」

「那妳明天問看看，這樣才知道妳有沒有機會。他跟妳的感情比較好，說不定會願意對妳透露！」

聽進對方的建議後，池瑄希隔天下了公車，就在回家路上看見鄒兆恩獨自走在前方的身影。

對方低著頭往一根電線桿直直走去，眼看就要撞上，她嚇得跑上前抓住對方的書包帶，大叫：「喂！小心啊！」

「哇，嚇我一跳。」

發現自己的臉跟電線桿僅隔十公分，男孩大吃一驚，餘悸猶存地回頭看她，一臉感激。「謝謝，我差點就撞上了！」

「你那麼專心在看什麼？也不注意路況，很危險耶。」

發現對方手裡捧著一本英文單字書，她傻眼。「你在背單字？」

「對啊。」

「幹嘛背單字？上週不是才考完試？」

「考完試就不能背單字了嗎？」男孩疑惑。

「你好誇張，難道都不會想放鬆一下？你的成績很好了，幹嘛還要拚到這個地步？」

「成績好又不代表能考上理想大學，要進我想去的學校，我還得再加把勁。而且我今年就高三了，更沒有鬆懈下來的時間。」

「你已經有想去的大學了？哪一所？」

「這是祕密，考上再告訴妳。」

「太久了吧！」

池瑄希啼笑皆非，看著他專注的側臉，頓時變得緊張起來。

「欸，我有件事想——」

男孩瞬間蹙起眉頭，冷冷地打斷她。「妳不會又要把別人的信拿給我吧？」

「沒有啦，我不是要拿情書給你！」她一口否認。

「那就好，我前天才罵過小魚，要是妳也再這樣，我真的會翻臉。」他的臉色和緩下來，「妳要跟我說什麼？」

「就是，你現在都把心思放在讀書上，那應該沒有想談戀愛的念頭吧？」

男孩挑眉，「妳知道了還問？」

「確認一下嘛，畢竟欣賞你的人這麼多。給你情書的那些女生當中，也有長得特別可愛的，說不定會有你喜歡的類型。」她繼續迂迴試探。

「才不可能會有，這種事我想都沒想過，所以別再問了。」他又皺眉，散發強烈不想再聊這話題的氛圍。

「好啦。」她就此打住，繼續與他並肩而行，並改變話題。「今年暑假，兆暉哥哥會不會回來？我好久沒看到他了。」

「不知道耶，我還沒問哥。」他的視線停在單字書上，「那敏兒姊會回來嗎？」

「我也不確定。姊姊去年會跟兆暉哥哥一起留在臺北打工，應該是想躲我爸媽。你也知道他們一向合不來，動不動就吵架，為了避免衝突，我想姊姊回來的機率不是很高。」

「是喔。」男孩反應平淡。

兩人一路聊到家門口，鄒兆恩把單字書收進書包，神祕兮兮道：「小希，妳手伸出來一下。」

她好奇照做，對方將一樣東西輕輕放到她的手心上，發現是一條白色牽牛花的造型吊飾，池瑄希又驚又喜。

「你怎麼會有這個？莫非是你買的？」

「對啊，感動吧？我記得妳以前說過，妳比較喜歡白色的牽牛花，可惜牽牛花屋那裡沒有。上週我在網路上發現這個，就決定送給妳了，先用這替代一下，以後我再帶妳去找真的白色牽牛花。拜拜！」男孩燦笑說完，就回到自己的家。

內心澎湃的她告訴小魚這件事，對方肯定鄒兆恩百分之百沒有心儀對象，而且將來選擇池瑄希的機率相當高。

「真的嗎？」

「當然是真的，除了我生日，鄒兆恩從來沒有主動送過我東西，這證明妳在他心裡就是特別的。既然他現在沒心情談戀愛，妳就等他考上大學那天再表明心意。在此之前，妳要繼續待在離他最近的位置，當他最親近的人，這麼一來，相信鄒兆恩遲早也會喜歡上妳！」

小魚的鼓勵，讓她信心大增，在對方的鼓勵下決定改變自己。

為了可以留在離男孩最近的地方，成為匹配得上對方的人，池瑄希發憤圖強，開始跟男孩一樣用功讀書，同時努力提升外在，學習打扮，讓自己一步一步變成出色的女孩子。

首次考進校排前十，讓身邊的人都對她刮目相看，連鮮少誇獎孩子的爸媽也難得肯定了她一番。

「親愛的寶貝小希，恭喜妳考進校排前十，妳太棒了，不愧是我的妹妹！」電話裡的池敏兒大力為她祝賀。

「姊姊怎麼會知道？媽告訴妳的？」她意外。

「當然不是，媽還在跟我冷戰，是兆恩傳訊息跟我說的。小希妳突然間這麼努力，是不是有什麼原因？莫非有人讓妳想這麼做？快點偷偷告訴姊姊。」

池瑄希被她的敏銳嚇一跳，連忙澄清。「沒這回事啦！而且這也沒什麼好說的，跟姊妳以前的成績相比，我這樣根本還好。」

「說這種話就不可愛嘍，太過謙虛可是會被討厭的。覺得驕傲時，就好好為自己驕傲，知道嗎？下次我回去，再帶妳去吃大餐慶祝。」

「好。」聽見手機彼端出現熟悉的男聲，她好奇。「妳跟兆暉哥哥在一起？」

「是呀，他今天來找我，現在在陽台講電話。」

「你們常見面嗎？」

「還好啦，畢竟我們住得近，他偶爾會過來找我喝酒。他要我幫他恭喜妳。」

結束這通通話後，池瑄希陷入沉思。

自從她撞見兩人的親密畫面，就無法再以單純的眼光看待他們。就算池敏兒跟鄒兆暉在他人面前互動平常，池瑄希的心裡依然認為，他們其實是情侶關係。

比起姊姊刻意隱瞞的原因，此刻她更在乎的是，鄒兆恩為了她成績進步的事，特別幫她通知姊姊，這讓她喜悅又感動。隨著自己越來越好，她也擁有更多會讓鄒兆恩喜歡上自己的信心。

時光來到男孩畢業的季節，大學放榜的日子，正好迎來那年第一個登陸本島的颱風。

池瑄希打算在那一天邀鄒兆恩去牽牛花屋，在那裡向他表白，默默祈禱颱風能走得慢一點，別來得太快。

放榜後，鄒兆恩考上臺北的國立大學，跟池敏兒是同一所。

然而池瑄希不是從本人口中獲知消息，而是從對方的父母那裡知道。

那天早上，鄒兆恩通知家人要出門一趟，就不知去向，到晚上才聯繫父母，說他去臺北找哥哥慶祝，明天會回去。

等到池瑄希接到男孩的電話，已經是隔天傍晚的事，對方主動找她去牽牛花屋。

在牽牛花屋見到他，池瑄希劈頭就說：「鄒兆恩，你很誇張耶。突然就跑去臺北，也不講一聲！」對方臉上的濃濃笑意，令她不禁納悶。「你怎麼了？為什麼要這樣笑？有什麼好事嗎？」

「嗯，是最好的事。」鄒兆恩壓低了聲音，莞爾開口：「這件事我只告訴妳，妳別說出去。其實我根本沒去找我哥。」

「真的？那你去哪裡？」

「我去找敏兒姐了。」

她怔住，「為什麼你要去找我姊？」

「確定考上後，我第一個想分享的人就是她，所以決定去臺北找她。我想看著敏兒姐的臉，親口向她宣布，我考上她的學校。」

聞言，池瑄希一陣呆愣。「為什麼？」

「因為我喜歡敏兒姐。」鄒兆恩紅著臉宣布，「我喜歡她三年了，為了到她身邊，我才那麼用功讀書，因為敏兒姐的學校真的非常難考。昨天跟她宣布這個消息後，我就向她表白了，敏兒姐接受了我的心意。」

池瑄希五雷轟頂，思緒被炸得灰飛煙滅，一點餘燼也不剩。

「你說……我姊接受你的心意？」她頓覺天旋地轉，不敢相信自己的耳朵。

「意思是你們在一起了？」

「對，我請敏兒姐跟我交往，她答應了。」他露出她不曾見過的幸福笑容。

「所以你昨晚，其實在我姊那裡嗎？」她的聲音發抖。

「是啊，我住敏兒姐家，她帶我去吃飯慶祝，還買花送我，一起逛了很多很多地方。昨天是我這輩子最幸福的一天。為了去見敏兒姐，我甚至騙我哥，說我去找臺北的朋友慶祝，請他幫我瞞過爸媽，說我人在他那裡。」

彷彿怕她誤會，他馬上害羞澄清。「我只是睡在敏兒姐家而已。交往第一天，我腦袋一片空白，緊張得要命，根本什麼都不敢做！」

池瑄希一個字都沒能聽進去。

巨大打擊將她的心碾成碎片，再也拼湊不回去。

直至此刻她才明白，鄒兆恩過去不是對戀愛不感興趣，而是他的心裡早已經有人居住。

從一開始他的心裡就只有姊姊，這兩年她所做的一切，完全不具任何意義，全是白費工夫。

原來從頭到尾，她都是最蠢的傻瓜、最可笑的笑話。

池瑄希從未像現在這樣如此忌恨著姊姊。

明明跟鄒兆恩最親近的人是她，在對方身邊最久的人也是她，為什麼池敏兒什麼都不用做，就能輕易得到她朝思暮想的美夢？明明姊姊已經得到那麼多關注，也擁有那麼多人的愛，為何連她唯一的幸福都要奪去？

憑什麼姊姊可以一點痛苦跟犧牲也沒有，就得到鄒兆恩的喜歡？

這對她一點都不公平。

排山倒海的悲傷和憤怒，吞沒池瑄希的理智。除了憎恨與不甘心，她的眼裡再也看不見其他事物。

「小希，妳怎麼了？」她臉上的淚水，引來鄒兆恩訝異的目光。

池瑄希淚流滿面，投向他的眼神一片冰冷。「你瘋了嗎？你怎麼可以喜歡我姊？」

「為什麼我不可以喜歡敏兒姐？」她的尖銳質問，讓他當場深深皺眉。「難道妳認為我年紀比她小，不能跟她在一起嗎？」

「不是這個問題，是她沒資格這麼做，你根本不知道我姊是怎樣的人！」

「什麼意思？妳到底在說什麼？」

「不管我姊哪裡吸引你，你都被她騙了。她沒有妳想像的那麼好，她不是一個好人！」

鄒兆恩瞪大雙目，臉上出現慍色。

「池瑄希，妳怎麼回事？為什麼要這樣說敏兒姐？」

「我說的是事實，她表面上人很好，其實對很多事都無動於衷，也不在乎。

小牽牛過世的時候，她一滴眼淚也沒流，看起來根本就不難過，這證明她是個冷血無情的人。你根本不了解她！」

「不了解她的人是妳！」男孩大聲反駁，「小牽牛不在後，敏兒姐曾經在這裡陪我一起哭，只是妳不知道。她沒有無動於衷，更不是冷血無情，她很善良。妳誤會敏兒姐也就算了，還這樣子污衊她，會不會太過分了？」

鄒兆恩捍衛池敏兒的舉動，讓池瑄希一度沒有反應，雙眼徹底被淚水浸濕，再也看不清對方的面容。

「你說她善良？」她笑出來，「那是因為你不知道，我姊跟兆暉哥哥做過什麼，才會這麼說。」

「妳這是什麼意思？」

「我看過我姊在兆暉哥哥的房間裡，跟他親密地抱在一起。」

她直直望進對方的清澈眼眸，說出那個祕密。「四年前，我從我爸媽的房間，親眼看到我姊在兆暉哥哥面前脫光衣服，兩人抱著接吻，之後他們在房間裡做了什麼事，不用我說清楚，你也猜得到吧？」

鄒兆恩呆若木雞，整個人宛如石化。

顧不了對方的打擊會有多大，她只想將自己的痛苦和委屈全數發洩，於是一口氣說下去：「在那之後我問過姊姊，她堅決否認有男朋友，也否認有喜歡的人。如果她真的不喜歡兆暉哥哥，為什麼可以跟他做那種事？現在甚至還抱著這個祕密，接受你的心意，在你面前裝作沒這回事。你都不覺得噁心嗎？你真的能接受我姊的這種行為嗎？她這樣欺騙你，你還覺得她很善良嗎？她跟兆暉哥哥這幾年都一起待在臺北，彼此經常見面，兆暉哥哥也會去我姊姊家，說不定他們至今都還維持那種關係，只是你不知道，你分明就被她當成笨蛋耍！」

男孩啞口無言，面色的蒼白將他眼裡的紅襯得清晰可見。

「我不信。」

「那妳現在就去問我姊，看她敢不敢老實跟你說啊！」

從對方的表情，池瑄希知道自己將他從天堂打入地獄，徹底傷透他的心。

當鄒兆恩含著眼淚頭也不回地離開，池瑄希也跑回家，把自己關在房間，狠狠地痛哭一場。

颱風登陸的這一天，入夜後風雨增強。池瑄希哭著入睡後，隔天清晨在母親的呼喊聲中驚醒。

得知鄒兆恩發生的事，她眼前一黑，渾身血液近乎凍結。

那日天還未亮，鄒兆恩就騎著家裡的機車出門，卻在路上遭到被颱風吹落的磁磚砸中頭部，當場昏迷，送醫後，再也沒能醒過來。

他出事的地方就在車站附近，池瑄希猜到他應該是在巨大打擊下，打算搭上第一班車，準備到臺北去找池敏兒。

男孩的告別式上，池瑄希看見姊姊流下眼淚，哭得心碎。

當池敏兒到她身邊，將她攬進懷中，池瑄希陷入崩潰，在姊姊溫暖的臂彎裡嚎啕大哭，對自己做的事後悔莫及。

因為自己的痛苦，她傷害了最重要的人，犯下不可挽回的錯。

她親手摧毀了男孩和姊姊的幸福。

這份罪惡感從此伴隨著池瑄希，讓她的世界就此步入黑暗，也讓她對姊姊徹底關上心房，再也沒有真心地笑過。

回憶之旅第五站，大學站

地點：臺北市

從牽牛花屋離開後，兩人直接回旅館，到隔天前都沒再見面。

上午返回臺北，池敏兒問要不要把行李放在車站內，再去下一站時，池瑄希當場愣住，不甚確定地問：「……妳還要繼續跟我旅行？」

「當然要繼續啊。」對方想也不想，翹起唇角。「氣象報告說颱風的速度加快了，預計今晚半夜就會登陸，要是交通運輸工具明天全面停駛，不知道何時能去最後一站，所以我們今晚不回妳家睡，結束這一站後就直接去高雄。妳覺得怎麼樣？」

姊姊不變的溫柔語氣，讓池瑄希喉嚨一哽，最後接受她的提議。

放好行李，池敏兒帶著她到大稻埕碼頭的貨櫃市集。

兩人坐在貨櫃屋上一邊用餐，一邊眺望颱風來臨前，山雨欲來的景色。

「我跟兆恩以前來過這裡。」池敏兒喝下一口冰涼啤酒，臉上笑意淺淺。「當年他就是在這個地方跟我告白的。」

池瑄希心頭一凜，不確定姊姊是從一開始就打算來這裡，還是昨天聽了她的回憶，決定改變主意。但她也沒有真的問出口。

「對我來說，兆恩一直都是可愛的弟弟。可是那一天，當他坐在這裡，用堅定的清澈眼睛看著我，認真對我表明心意時，我居然一度做不出反應，而我從來不曾那樣過。那一刻我才真正的意識到，我記憶裡的兆恩已經變得如此不同，是我認不出的成熟男孩了。」

墜入回憶的同時，池敏兒眼神沉靜，聲音亦無一絲波瀾。「兆恩請我跟他交往的時候，我幾乎是在不自覺的情況下就答應了他。那是我人生中第一次感受到何謂情不自禁，以及墜入情網是什麼感覺。過去我和許多異性接觸，結果卻是對從小一起長大的弟弟動心，這是我始料未及的。」

當池瑄希抬頭，池敏兒也同時望進她的眼眸，告訴她。「關於妳昨天問我的問題，我現在回答妳。我會在兆恩的告別式上哭泣，當然是因為他，但更多是為了妳。」

「……為什麼？」她訥訥問。

「我說過，比起逝去的人，我更容易為被留下來的人哭泣。我想妳應該不知道，那時小魚告訴我，妳一直喜歡著兆恩。所以當我看見為他失魂落魄的妳，心裡直接想到的是，妳就這麼被他留下來了。失去兆恩，我也很痛，可我再痛，也不容易為自己哭，然而看到那樣的妳，我怎樣都無法止住眼淚；往後只要我思念兆恩，也不是想到失去他的自己，而是再也沒有開心笑過的妳，小希妳才是最令我想流淚的原因。」

心裡掀起片片巨浪，池瑄希無法言語，湧上的熱淚幾乎灼傷她的眼。

眼看池敏兒至今都沒主動告訴她，以前她跟鄒兆暉究竟是怎麼回事，也不打算提前結束旅程，池瑄希便確定，姊姊真的想等到最後一天才跟她說。

下午，她帶著池敏兒到世貿附近的一間複合式酒吧。

酒吧裡播放著輕柔音樂，環境乾淨舒適，坐在寬闊柔軟的座位上，池瑄希說出她大二時在這裡巧遇鄒兆暉的回憶。

當時，她與朋友半夜來光顧，看見鄒兆暉在座位上與一個男人十指緊扣，互動親暱，下一秒，他就和池瑄希對上了眼。

兩人在酒吧外說話時，鄒兆暉坦承那個人是他的交往對象。

「兆暉哥也喜歡男生？」池瑄希意外地問。

「不，我一直都只喜歡男生。」他淡淡一笑，「我國中時就察覺自己是這樣的人，我無法跟女生交往。」

強烈的驚愕下，池瑄希忍不住說出當年她看見的那一幕。

鄒兆暉尷尬之後，嚴肅對她說起當時的情況。

「小希妳跟我爸媽很熟，應該知道他們的個性就和妳爸媽一樣，相當的傳統保守，不可能接受這種事，所以當我懷疑起自己的性向，有一段時間過得很痛苦。在當時，我只跟敏兒分擔我的煩惱，敏兒為了幫我，對我提出那樣的建議，我也同意了，可那天我們沒有進行到最後，無論如何我就是做不到。經過那次，我才肯定自己這輩子都無法擁抱女人的事實。」

他臉上浮現愧疚之色，鄭重道歉。「讓妳看見那樣的一幕，真是對不起，希望妳別因此對妳姊產生不好的想法。從以前到現在，不管我做什麼決定，敏兒都是最支持我的人。沒有她的鼓勵跟陪伴，我很難撐過那段時光，所以我非常感謝她。」

「你真的沒和姊姊在一起過？」

「從來沒有，敏兒在我心裡永遠是最重要的朋友。雖然她從以前就容易被誤解，但她不是那麼隨便輕浮的人。如果她有了男人，我一定會知道，但到她結婚前，我都沒見過那樣的對象，所以這點我能保證。」

聽到鄒兆暉口中的真相，池瑄希感覺後腦勺像被重擊，再次跌入萬丈深淵。

原來，自始至終都是她誤會了姊姊。

就在不知全貌的情況下，她害得姊姊失去心愛的人，成了傷害她最深的人。

池瑄希到臺北讀書的那一年，池敏兒也大學畢業。父母要她回臺中，池敏兒卻直接與大她兩歲，在她學校讀研究所的翟家禾閃婚，跟對方搬去高雄，讓父母氣得揚言要她斷絕關係。

翟家禾後來積極與岳父岳母打好關係，聯繫他們的次數比姊姊都要多，最後他不僅得到父母的接納，他們待他的態度甚至比親生女兒還要好，完全把他成自己的兒子。

池敏兒與鞏家禾登記結婚那天，池敏兒邀請她共進晚餐，那是池瑄希第一次見到姊夫。

對於姊姊先斬後奏的作風，池瑄希早就不會驚訝，卻沒想到她會在鄒兆恩過世不到兩年，就有了其他心動的對象，甚至決定踏進婚姻。

在聽到姊姊的心聲前，池瑄希以為這世上不存在讓她放不下的事物。

直到多年後，聽到鞏家禾說姊姊始終珍藏著有鄒兆恩在的那張童年照，並透露男孩曾經是她想共度一生的對象，如今還希望在充滿兩人回憶的牽牛花屋消失前，回去再看一眼，池瑄希便做下某個決定。

刻意與姊姊疏離多年後，這次她渴望聽見對方的真心話。

哪怕要揭露當年所犯下的錯，從此被姊姊怪罪，她也想這麼做。

這一趟回憶之旅進行至今，她已經確定姊姊過去對男孩的真心，也做好對方隨時與她決裂的準備，縱使姊姊還未這麼做，她仍悲觀地認為姊姊不會輕易原諒自己。

畢竟若立場對調，她也沒把握自己是否有辦法原諒姊姊。

回憶之旅第六站，最終站

地點：高雄市

晚上搭乘高鐵到高雄，她們住在車站附近的旅館。

隔天起床，外頭還沒什麼雨，但風已然增強，透過新聞確認颱風目前的位置，她認為下午就會影響此區，倘若屆時有豪大風雨，接下來就暫時無法出門。

不管多少年過去，每當颱風來襲，池瑄希仍會想起當年的鄒兆恩，冒著風雨在凌晨騎車出門，結果再也沒能回來。

鄒兆恩最後看著她的悲傷眼神，更是從此烙在她的記憶深處，往後時不時就會出現在夢裡，不曾隨時光淡去。

當她漸漸開始覺得，這個回憶之旅其實是男孩安排給她的，她便不禁想，不知道看見現在的她，他會怎麼想？又會跟她說些什麼？

她靜靜沉浸在這些問題裡，直到耳邊傳來敲門聲，池敏兒過來找她一起下樓吃早餐。

彷彿感應到她心裡所想的事，池敏兒提議用完早餐就出發去終點站，池瑄希一口答應。

四十分鐘後，她們在市區的一間超商前下車，這裡離池敏兒先前的住處並不遠。

兩人坐在戶外席喝咖啡，池瑄希默默觀察四周，目光最後停在姊姊身上。

感覺到她的視線，池敏兒彎起眼睛。「這裡就是我的最終站，是現在的我最難忘懷的一個地方。」

「妳說這間超商？」

「不，我是指對面的那棟建築。」

聞言，池瑄希朝對街佔地廣大的房子望去，那裡是一間婦產科診所。

「兩年前，我在那裡親手送走了我的孩子。」

消化完這句話，池瑄希猛然回頭看她，神情震驚。

「孩子？」

「嗯。」她頷首，語調平淡。「妳也知道，我公婆一直對我懷不上很不滿。有天我婆婆趁著家禾去國外出差的日子跑來家裡，又為這件事跟我起口角。那時我在換廁所裡的燈管，我婆婆氣到一時失控，動手推了我，導致我整個人重摔在地。雖然沒受到什麼重傷，但我後來肚子劇痛，還大量出血。我公婆趕緊送我到這裡檢查，醫師說我已經懷孕三週，那次出血之後，我便流產了。」

池敏兒平鋪直敘，視線靜靜落在對面的診所。「這件事讓我婆婆受到很大的打擊，還因此生了病，變得萎靡不振，我公公於心不忍，哭著求我別讓家禾知道。見他們那樣痛苦，我也不忍心讓他們真的被家禾責怪，於是答應了。我還安慰他們，說這不是任何人的錯，沒人樂見這種事情發生。」

見姊姊陷入沉默，池瑄希一根手指都沒動，屏息等她再開口。

「雖然我也告訴自己，這是沒辦法的事情，以為自己很快就能放下這個遺憾，可是有一天早上，當我照著鏡子，忽然覺得我不是在看我，而是在看著一個被留下的人。自我流產後，那是我第一次如此強烈地意識到，我被我的孩子留在再也看不見他的地方，因此哭了出來。從那之後，我常會一個人坐在這裡，想念好不容易盼到，卻注定跟我無緣的那個孩子。後來，家禾跟別人有了孩子，我決定離開，一直對我有愧的公公婆婆，在我離開的那天哭了，把他們珍貴的東西送我，但我拒絕了。在那個家，已經沒有會讓我留戀的東西。從頭到尾屬於我的，我只認這一樣。」

她從包包裡抽出一樣東西給池瑄希，就是她們小時候與鄒氏兄弟在牽牛花屋前拍的照片。

「離開高雄的那天，我坐在車站，一邊思考接下來的打算，一邊看著這張照片，漸漸想起許多往事，這趟回憶之旅因此成形。那個時候，我腦中首先浮上的就是小希妳的臉，即使我感覺妳有意疏遠我，我還是決定去找妳。因為我總覺得，要是可以像從前那樣，和妳說一說話，我就可以做好準備啟程。因此對我來說，小希妳就是這個旅行的起點。」

池瑄希瞬間淚眼模糊，再也無法看清照片上笑容純真的四人。壓抑已久的心情在此刻潰堤，她放聲痛哭，一度泣不成聲。

池敏兒嚇一跳，抱住哭到全身顫抖的她，笑著問：「哇，小希，妳怎麼哭成這樣？」

「姊，對不起！」悔恨與心痛交織的情緒徹底淹沒了她，不顧旁人的側目，就在姊姊的臂彎裡哭得像個孩子。

「傻瓜，幹嘛道歉？都是我不好。明明妳是我唯一的寶貝妹妹，我卻沒能對妳更坦率一點。我應該讓妳多多依賴我，也應該多多依賴妳的。妳是因為覺得愧對我跟兆恩，才決定疏遠我的吧？居然一個人抱著這個祕密這麼久，讓我心疼死了！」

見池瑄希哭得更大聲，池敏兒噗哧一聲。「好吧，妳就盡情哭。哭完後打起精神，到妳的終點站去。成為大人後的妳，最難忘的地方會是哪裡，我很期待喔。」

她搖搖頭。

「什麼？沒有？所以妳這一站沒有目的地？」

見她這次點頭，池敏兒又笑出來：「我還想怎麼會這麼巧，我跟妳的最後一站都在高雄。傻小希，妳應該要珍視自己，多為自己製造快樂難忘的回憶才可以呀！不要再覺得對不起我跟兆恩，我相信他直到最後都沒恨過妳，妳可是他最珍貴的摯友。這趟回憶之旅的意義，應該是讓我們記住回憶最美好的部分，而不是繼續停留在悲傷裡。今後我們有彼此的陪伴，美好回憶會越來越多的，妳說對不對？」

拿出面紙幫她擦眼淚，池敏兒笑容真摯。「謝謝妳陪我一起旅行，有小希妳在，我才能得到新的美好回憶。以後我們去更多地方旅行，日本怎麼樣？鄒兆暉去年到那裡工作後，我們還沒去找過他呢，下次我們就過去玩，讓他帶我們觀光？」

對上池敏兒盈滿笑意的眼睛，她點點頭。

當天空開始降雨，兩人不再多留，決定直接返回旅館。

計程車上，池瑄希打破沉默。「姊。」

「嗯？」

「妳有愛過姊夫嗎？」

她理所當然回：「當然愛過。雖然我一開始是為了擺脫爸媽，才決定嫁給他，對他的感情並沒有很深，可相處久了，也真的愛上他了。不然，妳覺得我有辦法跟一個不愛的男人相處整整十年嗎？」

語落，池敏兒好奇反問：「那妳和妳男友的感情如何？」

池瑄希沉吟，淡淡回：「我決定跟他分手了。」

「咦？為什麼？」

「因為我已經答應了姊，會開始珍視自己。」她抿唇，「而且我不想讓兆恩對我更失望了。」

聞言，池敏兒沒再深入多問，只摸摸她的頭，以示鼓勵。

車子開到一半，池敏兒突然請司機停車，要池瑄希等她一下，下車就往後方的某條巷子裡跑。

池敏兒回來後，給了她一束雪白色的鮮花，池瑄希當場傻住。

是白色的牽牛花。

「剛才經過那條巷子，我看見有一棟民宅的牆壁上都是白色的牽牛花。我跟屋主說，我妹妹特別喜歡這種花，請他允許我摘幾朵送給妳，屋主很慷慨，讓我一口氣摘了這麼多。」

池敏兒眼睛彎彎問：「妳知道是誰告訴我，妳喜歡的是白色牽牛花嗎？」

還沒想到對方的名字，腦海就先浮上一張面孔，池瑄希怔怔望著姊姊，喉嚨梗住。

「就是兆恩，以前他來臺北找我時，我們也在車上發現開在路邊的白色牽牛花，當時他也想下車去摘，可因為危險，被我阻止了。他跟我說，以前你們兩人在牽牛花屋玩，妳透露過妳喜歡的是白色牽牛花；還說下次再過來，他會直接摘一大束回去給妳，給妳驚喜。剛剛看見牽牛花時，我就想起這件事，我很高興能替兆恩將這束花送給妳。我相信這不是偶然，如果妳心裡有什麼話想對兆恩說，這一定就是他的回答。」

池敏兒最後的話語，讓她心緒激盪。

眼淚一顆顆滴落在白色花瓣上，池瑄希看著牽牛花花束，久久無法言語。

攬住再次淚流滿面的她，池敏兒溫柔對她說：「就算牽牛花屋以後不在了，我們四人的回憶也不會消失。等下一個牽牛花季來臨，我們再一起去找白色牽牛花。」

男孩的笑顏在回憶裡清晰綻放，池瑄希破涕為笑。「好。」

回憶之旅最終站，她難忘的美好回憶，便是此時此刻。
在牽牛花開的季節。

## 後記

# 〈未完成的旅程〉

就順其自然吧！

大家好，很開心又能在這裡與各位見面啦。

這一次的主題是「旅程」，老實說剛開始收到這個主題時，我還感覺挺簡單的，超級認真寫的話，應該兩天就能寫好。

結果寫了兩個禮拜！！

真正開始動筆的時候才發現，天啊也太難了吧！

這讓我想起一首歌，「嘿，蛋炒飯，最簡單也最困難，飯要粒粒分開，還要沾著蛋～」

請問有多少人還知道這首歌？哈哈哈——

總之，「旅程」我一開始先寫了一點，怎麼寫怎麼感覺都不對，最初好像是要寫一個人活了一輩子，最後完成人生這趟旅程。但後來覺得不太對，於是全部刪掉。

然後我就想說，不然從歌曲尋找靈感好了，想起了學生時代曾經很愛的一首歌，張韶涵的〈愛情旅程〉，但沒有靈感，只是懷念了一下學生時代。

然後又想到了劉若英與黃立行的〈分開旅行〉，很神奇的事情是，我記得〈分開旅行〉當年出來的時候我就好愛，那歌曲的音調和曲風整個都好魔幻，愛到不行。可是，我看不懂歌詞啦～那時候一直想說為什麼一個要去巴黎一個要去洛杉磯，什麼奇怪的歌詞？啊就各自去就好了啊，為什麼又要別哭？

可是，這一次我認真看歌詞，忽然完全懂了，完全理解了。

在那個瞬間我真的再次真正的體會到，有些歌詞、有些故事，真的要到了一個階段、到了一定年紀才會明白。

雖然這句話很像是老生常談，又或是老人家的感嘆，但對於初聞不知曲中意，再聽已是曲中人的感覺，有時候我還是滿喜歡的，明白了自己還是有所成長。

當然也會有點感嘆啦～

所以原先，我也寫想個如同我再次聽完〈分開旅行〉帶給我的感慨的故事，讓男女主角從「愛情」這趟「旅程」中（剛剛好就是愛情旅程），更加認識自己，最後明白有時候無法在一起並不是因為不相愛，而是理解且順從了自己的性格，不去改變與委曲求全。

可是啊，寫了一千字又覺得整個感覺不對啦！

我最後整個算了，我得順應自己的個性，我寫作的方式就是依靠直覺，要是先設想太多的話反而什麼都寫不出來。

於是我直接寫下去，不做任何想像，也不要去思考，就寫吧！

然後，就是你們看到的故事了。

希望你們會喜歡這篇「沒有思考」的作品，最終摻雜著一些靈異，真的是始料未及，果然故事會自己找到出路的啊！

那我們就下一次見啦~ XDD

Misa

## 〈在紅色鐵塔下〉

東京鐵塔是我最喜歡的景點。

一聽到短篇主題與「旅行」有關，擬了幾版大綱，歡快的、寧靜的，又或帶著一點惆悵的故事，要往哪一個劇情移動，我猶豫了很久，但主要場景在那座紅色的鐵塔之下卻是從來沒變過的設計。

寫故事總是透露著私心，東京鐵塔是我的私心，同樣的，陳宥菱和紀旻緯也遞送著我藏匿在深處的情感。

無論是東京鐵塔，或是過去的某一段疼痛的歲月，我希望在往後的某一天，都能夠成為我們心中某一段，讓自己成為更好的自己的日子。

Sophia

## 〈五天的戀愛〉

其實我一直不認為，一個人在某個時間段內，會只喜歡一個人；尤其在一段戀情的末尾，多半都是習慣與感情，更多時候明知不合、愛情已經不存在、不會有未來，卻還是苟延殘喘，只是不想當提出分手的那個人。

在這個時期，很容易被新對象吸引，甚至這次才是更好、「對」的那個人。

很多人都說要分手後、再談下一段戀情，這其實是大家保護自己的條條框框，照這樣說，今天分手明天就交往就合理，可是這也代表動心早發生在分手前啊！那麼一旦開始「動心」又算不算是劈腿呢？而人，又要怎麼去控制動心的瞬間呢？

不如順其自然，如果不愛了，就直接說出，每個人的青春與時間都很寶貴，別拖著彼此。

然後，請所有打算結婚的愛侶們，務必在結婚前來一趟自助旅行，不要短於五天、能遠就遠，絕對可以幫你們做最後、也最有用的篩選！

最後，由衷感謝購買這本書的您們，購書才是對作者最實質且直接的支持，沒有您們的購書，作者便無法繼續書寫下去，謝謝！

笭菁

## 〈牽牛花開的季節〉

這次的合集是以「旅行」為主題。

雖然劇情很快就決定好，實際下筆時卻碰到不少難關，結果變成至今為止最難寫、也寫得最久的一個短篇故事，所以完成時真的是鬆一口氣。

以一對姊妹的回憶之旅，在旅程中透過交換彼此的重要回憶，描述一段青春歲月的傷痕，兩人達成和解，邁向全新的生活。我個人很喜歡這樣的設定，寫的過程中也經常想像四個男孩女孩在牽牛花屋嬉戲的美好畫面。而完成這個故事後的後遺症，就是突然也想來一場說走就走的輕旅行。（笑）

不知不覺就來到第五本合集了。有你們的支持，我才能和三位大大繼續合作下去，謝謝你們。

期待很快再為你們獻上動人的愛情故事。

晨羽

*All about Love* / *41*

## 你是我的歸途

國家圖書館出版品預行編目資料
你是我的歸途 ／ Misa、Sophia、笭菁、晨羽 著.
— 初版. — 臺北市 ： 春天出版國際, 2025.01
面；公分. —（All about Love ；41）
ISBN 978-957-741-996-5（平裝）
863.57　　　　　　　　　　113017717


ISBN 978-957-741-996-5
Printed in Taiwan


作　者　Misa、Sophia、笭菁、晨羽
總編輯　莊宜勳
企劃主編　鍾靈
責任編輯　黃郁潔

出版者　春天出版國際文化有限公司
地　址　台北市大安區忠孝東路四段303號4樓之1
電　話　02-7733-4070
傳　真　02-7733-4069
E－mail　frank.spring@msa.hinet.net
網　址　http://www.bookspring.com.tw
部落格　http://blog.pixnet.net/bookspring
郵政帳號　19705538
戶　名　春天出版國際文化有限公司
法律顧問　蕭顯忠律師事務所
出版日期　二〇二五年一月初版
定　價　340元

總經銷　楨德圖書事業有限公司
地　址　新北市新店區中興路二段196號8樓
電　話　02-8919-3186
傳　真　02-8914-5524